一念间

我所体悟的慈济思惟

何日生 著

复旦大学出版社

目 录

推荐序　远看是佛　近看是爱/白岩松　………… 004
推荐序　积爱成福/魏德东　………… 011

辑一　关键总是爱

动中静　………… 017
无言的力量　………… 026
刀斧与大地　………… 033
是狗，还是狐狸？　………… 044
当你觉得受伤　………… 054
当权力不再　………… 061
当看到别人有错　………… 069

辑二　自我的追寻

无形有大用　………… 079
从白袍到牛仔裤　………… 086
当水滴回到大海　………… 095
自我像是一个空瓶子　………… 104

辑三　单纯的智慧

面子与脸相	………… 117
当事情不如预期	………… 124
活在人间	………… 134
追寻下一个追寻？	………… 141
有价无价	………… 149
以正义之名	………… 156
用爱回应仇恨	………… 166

辑四　转念的力量

当无常造访	………… 181
错过死亡班机	………… 190
当云彩化作雨水	………… 199
他说，他的头不见了	………… 210

后记　照见生命本质的力量　………… 220

推荐序

远看是佛　近看是爱

白岩松（中央电视台节目主持人）

佛是谁？佛，在哪里？

我是谁？我，又在哪里？

一

一提到佛教，好多人马上想到大年初一时香火缭绕的庙宇，又或者深山寺院里的僧人。当然，可能还包括有事相求时要抱的佛脚，又或者许愿还愿的功利之地。难怪有学者略带玩笑般地评点：相当多的人，与佛之间的关系，是互惠互利。

见到这一切，佛会不会皱起眉头，似乎是哪里出了差错。是佛错了，还是我们错了？是过去我们对佛教的态度错了，还是当下这个时代错了？

该与佛教紧密相关的智慧在哪里？与慈悲心连接在一起的爱，又在哪里？如果人们去见佛，似乎只为得到自己想要的东西，那么很远很远之前，佛陀在菩提树下的顿悟还有什么意义？这个时代的佛教，与这个时代的我们，是不是走到了一个新的岔路口？

二

2005年夏天，《岩松看台湾》这一电视行动启程，这是大陆电视摄像机第一次全方位不带偏见地走近台湾。

这种全方位，就包括走近慈济，走近证严上人。这当然是大陆媒体第一次地走近，甚至我们的申请在两方面获批，都让我们自己感到一些惊讶和不可思议。

台湾佛教界早已拉开"人间佛教"的改革大幕，佛光山的星云法师和慈济的证严上人，是其中重要的代表。

慈济的总部，在台湾东部的花莲。

早上五点多，我们就来到总部的静思精舍听志工早会。我们到时，大堂里已都是人，包括志工、信众，甚至很多慕名而来的中学生。

我以为会念经，但没有。一个多小时的时间，证严上人和现场的人们并通过电视屏幕和台湾各地的慈济人，在讲生活，分享生命感受，当然包括帮助他人的方法和思考。慢慢地我从一个记录者变成心灵的参与者。炎热的感受慢慢退去，周身感受到清凉，慈济在我这儿，第一次展现出人间佛教的魅力。如若讲经，也许我们很远，但一早晨讲爱，我们离得却很近。后来突然明白，岁岁年年，每年的三百六十五天，这样的早课从不间断，讲爱的过程中，不就是在讲经吗？在爱的传递中，与生命有关的智慧开始执著地显现出来。

三

早课结束，我们有幸与证严上人面对面坐在一起，聊天，或者也可叫采访。

上人削瘦，印证着"吾貌瘦，必肥天下"的名言。她出生于1937年，与我母亲同年，属牛，这又拉近了我与上人的距离。

但真正消除了距离的是她的智慧与爱，没有了宗教带来的敬畏，而是对社会对生命的关切，甚至是她的一点忧虑：那么多事要做，感觉时间不够用，来不及……

最触动我的，是上人与慈济志工之间的约定：帮助别人时，要对别人说"谢谢"，因为你感受到了自己的价值，体会到了幸福，要感恩，对不对？

那一瞬间，我突然想起《道德经》中的一句话："无私为大私"。正是在帮助他人的过程中，自己得到了最多，也正是在利他的行动中，我们一点一点找到自己。爱，是一种最大的修行，它帮助我们自己，成佛。

告别了证严上人，在慈济总部拍摄，这里没有简单意义上的晨钟暮鼓和香火缭绕，没有仿佛与尘世无关的僧人，更没有世人带着欲望而来的焦虑，这里似乎都是信众，也都是志工，更都是主人。医院里忙着治病救人；田地里忙着种菜，因为要自食其力；还有忙着短暂开个会，因为世界上任何一个角落的灾难，都天然地与慈济有关，他们要伸出手去；而下午，一个捐献者的造血干细胞从这里出发，转机香港，晚上，一台骨髓移植手术将在北京开始，一个生命急切地等待救助。这样的生命接力，在台湾和大陆之间，已进行了九百多次……

终于要告别这块已让我几乎忘了宗教忘了寺庙的清静

之地，只是，这里忙碌人群中的那分安静让我有些不舍，还有那平静下的快乐。

我终于找到了面对慈济的感受。

远看是佛，近看是爱。

面对证严上人，所有慈济人，运行良好的佛教，包括佛，都该是如此！

四

在慈济的采访过程中，一直有一位兄长陪伴着我们，他话语温和，行事干练，并且对电视行业似乎了如指掌。

这位兄长是慈济人，他叫何日生。

一聊才知道，多年前，在台湾，他是屡获大奖的电视主播。终究是缘分，被慈济的爱和上人的智慧所感召，投身于慈济事业中，成为慈济理念推广和传播的干将。

有了慈济虽然短暂但却印象深刻的采访之后，他当初为何放弃光环笼罩的主播位置，这个问题便不用再问。慈济中特有的爱与智慧，自然会有足够的吸引力，可能也正因为此，何日生兄已不安于独享，用文字成就这本书，拿出来与我们共享。

在迷茫和焦虑的当下,这些文字这本书,是一种功德。

我先拿到了这本书的台湾版本,由于竖排,我读得很慢也很仔细。最初的阅读,也许与受托作序有关,但几页读下来,便与作序无关。读一会儿想一会儿,慈济的智慧与何日生兄的思考扑面而来,想不投入也难。如今,这本书有了大陆的简体版,可我相信,您依然会读得很慢,因为一念之间,却是千年悠长的岁月,一念之间,有东方心灵的左思右想,更有千万慈济人深藏爱在其中的行动。但更重要的是,有你一直在寻找的自己。

如同慈济在人间,何日生兄的这本书,也行走得可亲可近,仿佛在讲一个又一个故事,便让智慧尽在其中。我知道,这是一个快乐与幸福都缺乏的时代,不过,好的一面是,已经有越来越多的人不满足于现状,开始慢慢寻找。慈济人的努力,或许,是其中的一种答案。

五

佛教仁厚,不求你顶礼膜拜,只言:人人心中都有佛,开启心智,用爱修行,你终将成佛。

所以,好的信仰,不是让你失去自己,而恰恰是在其中找到自己,这便是投奔智慧与迷信之间的区别。

好吧,打开这本书,读到慈济人的爱和智慧,终于有一天,合上书,看到你自己,一个因为有爱,而单纯快乐的自己。

世界,将因此而变得更好一点儿。

推荐序
积爱成福

魏德东（中国人民大学哲学院副院长　国际佛学研究中心主任）

佛教慈济慈善事业基金会发言人何日生先生的大作《一念间：我所体悟的慈济思惟》大陆版面世了。对于大陆读者来说，这是一部恰逢其时的好书，相信会受到读者的欢迎。

我第一次听到慈济的故事是1991年在五台山，第一次亲身接触慈济是1999年在美国休斯敦，第一次见到证严上人是2001年在台湾花莲。此后，与慈济的交流就多了起来，最近五年，与何日生先生、与慈济的来往日益频繁，每年见面的次数难以数计。

"做就对了！"这是慈济创始人证严上人的法语，代表了慈济文化的核心特征。慈济是一个实践型的团体。慈济以佛教思想与中国文化为指针，以慈善服务与公益事业为载体，以组织性为保障，超越了族群与宗教的藩篱，成为当代佛教与中国文化的最高呈现。自1966年创立以来,慈济的慈善活动惠及全球七十多个国家与地区,参与人数上千万人。"哪里有灾难,哪里就有慈济。"慈济在医疗、救灾、慈善、环保、人文等领域的全球性奉献,提升了中国文化的境界。慈济的实践表明,佛教与中国文化具有适应现代化的能力,佛教与中国文化可以创造媲美世界任何文明的成就,佛教与中国文化可以成为引领世界的先进文化。

何日生先生毕业于美国南加州大学,早年服务于台湾传媒业,是台湾顶级的电视节目主持人。在其不惑之年,他毅然放下滚滚红尘,献身慈济伟业。一位英俊潇洒、风流倜傥、聪明能干的社会精英,如何会在盛年到来之际,毅然抽刀断水,离开灯红酒绿与世俗名利,转身于奉献、简朴、热忱与清静?透过本书,我们可以看到何日生先生的心路历程。可以说,日生因慈济而新生,因为慈济给予他"照见生命本质的力量";另一方面,慈济也因吸引了日生这样众多的社会精英,才不断地将慈济志业推向新的高度,创造着中华文化的奇迹。

一念间!爱与恨、善与恶、福与祸,差别端在一念之间。慈济提倡"大爱",这种爱至大无外,又至小无内。翻开本书，我们可以看到，面对人生与世界的种种矛盾冲突，慈济人有着怎样不一样的思惟。慈济人如何处理诽谤自己的官司，慈济人如何应对印尼排华事件，慈济人如何处理与基督徒、穆斯林的关系，慈济人如何将盖房子的过程变成修行，慈济人如何将浴佛解读为给流浪汉洗脚？将心比心，以爱换爱，这本书也会告诉我们，印尼的穆斯林学校为什么一定要将证严上人的慈照挂到每间教室里！

"积爱成福"，这是《淮南子》中的一句话。我在阅读何日生先生这本书的时候，脑海中不停地涌出这四个字。何日生先生将其新闻媒体人的专业素养，融于慈济人的大爱，以优美的笔调，向我们展示了一个令人感动的慈济世界。何日生先生以及所有的慈济人，不就是在点点滴滴爱的积聚中，创造着个人、慈济、台湾以及整个世界的福业吗？

2008年，慈济慈善事业基金会在中华人民共和国民政部正式注册登记，成为大陆第一家，也是迄今唯一一家由境外非营利组织成立的、由非大陆居民做法人的全国性基金会，标志着慈济事业进入了新的发展阶段。短短几年时间，慈济在大陆就有了很好的起步，一批年轻的社会精英，就像十年前的何日生先生一样，认同、献身于慈济事业。

《一念间：我所体悟的慈济思惟》一书在大陆的出版，一方面可以帮助大陆读者更好地了解慈济文化，更重要的，对于处于急速现代化进程中的大陆读者来说，在如何看待成功、名利、人生意义等方面，何日生先生以其先行者的经历、体验与反思，可以提供丰富的灵性滋养。

是以为序。

辑一

关键总是爱

动中静

> 有没有一种境界是无时无刻都能平静？随时随地都能保持内在平衡？

一次在一个严肃的会议中，二十多位与会者热烈地讨论着一项问题应如何解决，却看到会议桌的一旁有一位学佛者，盘起腿闭上眼在打坐。已经记不得这位朋友当时有无发言，或说了什么话，但是他在这么严肃热烈的场合中打坐，倒是令我印象深刻。

我必须说，我并不特别支持这样的举动，并不是因为这举动唐突，而是它让我有一种深深的感受，似乎这位朋友无法在这样的场合中维持心灵的一般状态，只有盘起腿，他才能思考，才能获得平静。

同样的经验发生在两年后，我邀了几位朋友，我们正热烈讨论一项棘手的纠纷。一位朋友也突然间闭上眼，放上掌，盘起腿打坐。事后我问他是否常常打坐，他很高兴地回答说是！他说打坐是他最快乐的时光。

打坐的时候快乐,打坐的时候内心宁静,打坐的时候如如不动。而一不打坐难道心就不平衡,就起烦恼,就不平静了吗?难怪我看到的这两位仁者都在那么热烈的场合中打起坐来。莫非亟欲恢复内心的平静?莫非他们已经习惯依赖打坐来使自己恢复平静及能量?

有没有一种境界是无时无刻都能平静,随时随地都能保持内在的平衡,不管于各种境界之中,都能常保内心的喜乐,真正做到《金刚经》所说的"应无所住而生其心"?

动静分离,动静相对立,是人之常情;动的时候容易乱,需要休息,需要静一静,这是我们凡人调养自己的方法。所以我们学打坐、练瑜伽、弹琴、学画、接近大自然,在喧闹中找一个幽秘僻静的处所,让自己休息一番,这无不都是为了求得静。现代人远居乡野,返璞归真的有之,在会议翻腾之际,索性盘腿打坐,潜心冥想的也不少见。但是难道古人陶渊明所言,"结庐在人境,而无车马喧,问君何能尔?心远地自偏"的心灵境界不见了吗?心远地自偏,正是心不被境界所牵绊,心不随境转的一种修养及定力。

动中静的美好感受

个人第一次感受到"动中静"的境界,是在一次偶然的匆忙旅程中。

二〇〇二年,刚刚回到慈济大团体,恰好碰上某周刊质疑慈济骨髓干细胞中心的种种做法不当。那些报导事后都被证实是扭曲不实的。那时我刚从商业媒体回到慈济,证严上人及副总要我以新闻人客观的态度及眼光,到世界各国去了解各主要骨髓库的政策和做法,将他们和慈济骨髓库相比,以更深入理解我们究竟做得如何?

一连几个月,我从台湾开始,分别走访慈济骨髓库的志工、骨髓库的配对专家、骨髓移植的医师等。紧接着到中国大陆,探访了解病患及移植技术,到日本看他们骨髓库的政策,到英国了解世界第一个骨髓库如何因大爱而诞生。飞到美国,拜访骨髓移植的发明者,也是一九九〇年诺贝尔医学奖得主——爱德华·托马斯博士。我马不停蹄地访问世界各国的骨髓库总裁、病患、捐髓者,以及骨髓库的志工等。我和工作团队为了拍日出,每天四点多就起床,拍到日落,回到下榻地方休息,经常都已经十一二点,第二天一样继续紧凑的行程。平常我的习惯是依赖书籍，我工作再忙都得读书；只要不读书，我的心就很难得到平静，就跟有些人必须打坐一样，人总是有所依赖才能恢复内心的平衡。但是那四个多月来，我都在各地跑，几乎没有读什么书。

我记得在德国采访的时候，住在距离慕尼黑车程约一个半小时的优美小镇——乌尔姆，那是德国骨髓库的所在地。我住在一位大爱之友的家中，小镇有浓郁的欧洲农村风味。我和摄影同仁一样四点多就起床拍日出，直到收工已经很晚了。就在乌尔姆的第二天晚上，我沐浴完毕准备休息，已经快深夜十二点了，我拿起笔计划着第三天的行程，可是就在这个时候，我的内心突然涌现一股深切的、不可思议的喜悦和平静。那喜悦很深，那平静很空，很不可思议。

那种喜悦的平静，我至今难以忘怀。平常我都是要靠读书消除疲劳及获得平静，但是四个月下来，我没时间读书，又如此匆忙，怎么这前所未有的喜悦和平静会突然涌上心头？我想起禅宗慧能大师于《六祖坛经》所说的，"世人应于动中静"，那是我很年轻时候读的书，当时看不懂，此刻在乌尔姆突然悟到慧能大师的意思。一个人只要生命能够无所求地发挥良能,在爱的感动及实践中,自然能够达到动中静。

当时内心平静的泉源可能是,采访旅程中,我不断地见识到世界各地那种满满的、对白血病患者的爱。那些医师、科学家、病患家属及志工们,都为了抢救生命无私地在努力着。在骨髓移植的历史中,经常看到一个病人往生了,却激发更多的人去捐髓,去成立骨髓库,继续抢救更多不相识的生命。一路上,我感受到的尽是这种大爱的震动及感动。

让我心灵获致平静的另外一个原因是初发心。那一回制作骨髓纪录片的采访过程中,我的初发心和过去从事新闻工作不同。过去采访工作总多少带有追寻个人新闻荣誉的渴望,但这一回制作纪录片是为着一项使命,是为着让成千上万的爱心不被扭曲,让骨髓库能更正确地被社会认知理解,以便继续救助更多濒临死亡病患的工作。这四个多月的努力不是为自己,不是为了求得荣誉;或许正是那种无私的付出,让人达到某种的宁静和喜悦。一如证严上人所言,无所求的心,正是宁静的源头。佛教所谓的"涅槃"，以上人的理念："涅槃"不在死后的不生不灭，而是"当下一念不起，一念不灭，就是涅槃寂静"。一个人只要无私地付出，无私地去爱人，就能逐渐透彻缘起性空的境界。在每一个境界里超越境界的影响及限制，那就是性空，就能保持宁静无染的心。

"真正的静"要在动中实现

二〇〇三年我回到花莲，进入静思精舍任职，得以让我在上人身边学习。我看到上人全年无休，每天从清晨天未亮就开始忙着准备各种开示。志工早会结束，一连串的行程等着他：各地会务、访客、志业体的工作报告讨论，他几乎无一刻闲暇。可是我总看到上人神情及态度如此沉静、清朗，智慧判断如此敏锐。他如何能办到的呢？凡夫早就受不了，早就希望能休息休息，请大家不要再吵他。但是上人四十年如一日，诚如他所言，休息就是换一种方式工作。他没将工作及休息分开，因为他没将动与静分开，他真正做到动中静。那是人格彻底展现的一种伟大定力，那定力来自慈悲，来自对人、事、物的大爱。

凡人平常都是在打坐、拜佛的时候静，沉浸在高山古刹的氛围中静，但是待境界来磨，横逆出现，人我冲突考验来了，心立刻跟着浮动、跟着紊乱，动静总是无法兼具。然而，真正的修行就是要练就动中静，静在动中实现。慈济人在灾难现场面对满目疮痍，生命陨落，亲人离散，大地残碎，但是志工们的心必须镇静，必须坚强、持续地为受灾之人伸出爱的援手；不只赈济他们，更要在心灵上肤慰他们。其实任何人遇见巨大的哀伤，内心是会跟着受伤的，但是为什么在灾难现场的志工不会呢？因为他们心中有真诚无私的爱，清澈无私的爱，是真正让内心喜悦平静的究竟之道。

平静是关乎情感及意志的锤炼，那是知识、思辨、阅读或其他方式无法企及的。连静坐、祈祷都只是获致平静的一项手段及工具，真正的静必须在境界中修炼，必须在无私的爱之实践中寻得。心于境离境，不即不离，在一切境界中都保有一分坚固的定力。

儒家思想有言："君子无终食之间违仁，造次必于是，颠沛必于是。"学佛万不能拜佛时静，打坐时静，考验一来就乱。或是总希望躲进那个使我们逃避焦虑、逃避考验的心理机制里面去。就像我一开始提到的两位朋友，明明在开会时必须专心聆听，需要他们给意见的时候，他们却要宁静，竟打起坐来。

源头活水即是"觉悟的爱"

美国当代著名心理学家罗洛梅，专门探讨人的焦虑。他说人碰到挑战，碰到欲望不能满足时，会产生巨大的焦虑。焦虑一旦形成，人会设法逃避。有些人逃进酒、色、赌，甚至毒品里面；也有人逃进书本、逃进工作，或索性躲在宗教的坐禅拜佛形式里面去。我在美国念书时认识的一位朋友，他告诉我有一位学佛的同修，因为丈夫外遇，从此茹素拜佛十多年，但依然无法唤回先生的心。她无法忘怀先生外遇带给她的巨大创伤，后来选择了自杀。宗教并不是作为心灵逃避的处所，而是让我们获得面对生命的智慧，面对困难的勇气，克服自我贪念及诱惑的定力。

砖块磨不出镜子来，这是禅宗的名言。只有在现实中历练，才能练就出动中静的真功夫，才能真正做到"应无所住而生其心"的境界。

无所住生何心呢？生慈悲心，生无所求心，生不退转心，生精进心。只有无私，才能节制人无止尽的贪念和根深柢固的我执；只有爱的付出，才能使我们具备承担现实苦难的勇气。贪念及畏惧是心紊乱的根源；无私、有爱是根除烦恼的关键。能无欲，能无惧，心自然定，自然不被境和业所转，自然动中静；能付出，能爱人，自然远离烦恼。所以，爱别人的力量有多大，内心的喜悦平静就有多大。

证严上人常常在志工的身上看到那一分生命的纯净及清澈的爱，这种爱的激荡交融，正是证严上人永不会觉得烦、觉得累的重要源头。无私、智慧的爱使人的心灵常保平静。

还记得古代名诗："半亩方塘一鉴开，天光云影共徘徊；问渠哪得清如许，为有源头活水来。"心要如平静的湖面，映照万物，"为有源头活水来"，这源头活水是什么呢？当然就是觉悟的爱！

下一次当你觉得烦，觉得乱，解决之道可能不是躲到孤独的寂静里去，孤独经常是欲念及怯懦滋生的温床。如果你觉得烦乱，不妨想一想身边有哪一个人缺乏爱，好好地、无私地、智慧地去爱他，你会重拾内心的平静及能量。

无言的力量

> 国际级防治病毒大师詹姆斯·彼得斯,将近六十岁,阅人无数,但为什么他见到证严上人,突然间会这么感动呢?

刚进慈济没多久,有一次和两位法官谈起慈济的理念,其中一位女法官对慈济理念有许多的好奇,也有些许的不解,经过我再三的解说及分析,她说她比较明白了,但是她说了一句令我很尴尬却一生难忘的话,她说:"何先生,听你说话觉得很有道理,但是不觉得法喜。"这评价让我印象深刻。再精辟完美的道理,都不如我们内心散发的慈悲。能感动人的不是言语,而是其他非言语的力量。

提到非言语的力量就自然地会想到证严上人。许多人第一次见到上人都有一分莫名的紧张或感动,每一个人见到上人都会表现出很美好的一面,甚至禁不住地发好愿要帮助受苦的众生。一位慈济医疗志业单位的高级主管就开玩笑说,见到上人要小心,一不小心你就会发大愿。发了愿之后很欢喜，事后想想也说不上自己为什么会有这一股力量发大愿。

比起我们的滔滔不绝，上人对于许多人的影响经常只是轻轻的一句话，或是根本还未曾言语，他的悲心已经在他们身上起了深刻的作用。二〇〇二年十月，诺贝尔医学奖得主利兰·哈维尔博士，在我的邀请下，来花莲会见上人。哈维尔到达的时候刚好是中午吃饭时间，慈济医院第一会议室摆设了自助餐。哈维尔正在选取菜肴时，上人也刚好来到。两人还未交谈，就坐下来吃饭。哈维尔坐在上人身旁，我比邻哈维尔坐着，充当翻译和他闲聊。这期间上人与哈维尔始终没有机会交谈。我们放了一卷欢迎哈维尔的影带。影带播完，轮到他说话，结果他一拿麦克风开始讲话，声音立刻哽咽，双眼泛着泪水。他说对不起，"I am sorry!"而他的夫人坐在上人另一头，眼泪也如雨下。为什么这一位国际级的医学大师见了上人，未曾交谈竟如此感动呢？

同样无言的力量，也发生在另一位国际级医学科学家身上。二〇〇三年，全世界最著名的防治病毒大师詹姆斯·彼得斯（C. J. Peters）来静思精舍访问，他就是电影

《危机总动员》当中的故事主角——曾是深入非洲扑灭依波拉病毒的大英雄。那一年他来花莲拜访上人,他们之间没有太多机会交谈,只是一起吃了一个半小时不到的中饭。临行前,上人送小纪念品给他和夫人,彼得斯接过念珠,泪水就从眼里不断落下。他也将近六十岁了,相信也是阅人无数,但是为什么见到上人就突然间那么感动呢?

看见一个大生命!

这些深刻的生命经验,其实都不是言语所创造的,而是一种人格所散发的无言之力,是一种被更大的精神体所包容的一种心灵回归。正如原住民作家撒可努见到上人的时候惊叹,"今天我见着了一个大生命!"那种遇到大生命的惊叹是一种法喜,是让我们回归自己生命最原初状态的一种狂喜。在那个状态中,世俗的尘埃、现实的伪形、沉疴的记忆都瞬时退去,一种清净的、无染的心被这一种灵敏的觉性突然唤醒,因此泪水潸然落下。那是一种自我照见的清明,一种触动到真我的喜悦。

先不问上人为何有这一种力量,倒是要问,为什么我们在这一位伟大的精神导师面前会有如此的表现？

人都有不同的面向，要追逐成功，所以扭曲自己；为了贪图欲望的获取，所以必须说不实的话，必须去压迫他人。我们的生命中有各种冲突的价值同时并存着，直到见到上人，我们看到一种生命的可能性竟可以是如此的单纯，如此的勇敢，如此的慈悲。那一种力量远大于言语，不是言语所能企及或描述的，只能以谦卑柔软的心去感受及洞见。原住民作家撒可努，他深具灵性，所以他见到上人就说，我今天见着了一个大生命。好一个大生命的描述，上人的心灵及精神体是远大于我们肉眼能见或心智所能企及的。

上人面对每一个人，不管对方内心有多矛盾、多挣扎，多么充满复杂的异质性，不管习性熏染多深，他总是映彻我们最单纯的那一分慈悲本性，因为他很单纯、很清澈，所以我们每一个人也都以最清澈、最善良的那一面和他相呼应。也因为我们都以清净的那一面和他互动，他就更加确信人世间所本自具有的真善美，他就更加坚定他对人性之善的那一分深刻信念。他每天看到的人都是善的，因为他内心是善的、无染的。

让人见了你心生欢喜

　　而当我们这样的凡夫心,面对人常常预防他人对我们有机巧心,对我们不诚恳,对我们使坏,一部分原因是因为,我们并没有像上人一样用无染纯净心去应对他人。人心之交会就如同云和湖水的交会,湖面是清澈的,就能映照云的色彩;如果湖面是混浊的,那即使云的颜色洁白如雪,也会照见出有染的色泽来。别人和我们应对时的心之意向,正反映着我们自己的心灵状态。

　　我们的修行要修持到人一遇见我们就起欢喜心,那内心必须能够常养慈悲与爱的清净智慧。上人在二〇〇五年一月初，于关渡园区对委员干部的谈话中，就期许慈济人能着重修行，要修为到人见到我们就感觉欢喜。他举佛陀时代的一则故事说：有一回佛陀和众弟子在行走，一只飞鸟从这一群修行极高的出家人头上飞过。这一只鸟先是看到舍利佛，虽然舍利佛修行极高，但那一只鸟还是不敢靠近他，因为它感受到舍利佛身上还是有一股浓浓的锐气。最后那一只鸟选择停在佛陀肩膀上，因为佛陀的心灵状态丝毫没有攻击的成分，他的慈悲纯净及庄严吸引了那一只鸟无惧地停靠在他肩膀上。上人以这一则故事勉励慈济人必须修持到没有傲气、杀气，没有任何暴戾攻击之气，调和身心，人们见了你，与你相处就会心生欢喜。

想想上人何尝不是如此，我们凡夫就像是一只惊弓之鸟，见着人总是充满着不信任感，处处提防小心，生怕自己受骗受伤。直到见着上人，我们感受到一分真切单纯巨大的慈悲，我们终于照见自己长久渴望着的、深埋心中的清净慈悲，那一种回归自我心灵的喜悦及觉悟，是一生中最难得的一项经验和契机。然而，这种突来的唤醒和觉性的灵光，也很可能是一时的、短暂的，特别是我们觉性的灵光，如果只仰赖另外一个大觉者对我们的照见，那根是未着土地的。我们应该藉由这位伟大觉者的灵光,努力挖掘自己深埋已久的真纯本性,将无明及互相矛盾的盲点一一去除,不断扩大爱的智慧及慈悲,如此才能达到上人所说的,让那一只飞鸟,安然恬适地停驻在我们无欲无害的心灵臂膀上。

刀斧与大地

> 当我们说一个人的不是，要先问问自己，有没有爱他？批评就像斧头，会砍伤对方！但爱就像是大地，孕育滋养万物。

"缺角不见，是为美。"许多年前，听到证严上人讲这句话的时候，实在不能理解。特别是对于事事都要求完美的处女座性格的我来说，更是如此。明明缺一个角，怎么有办法视而不见呢？

西班牙作家塞万提斯的名著《堂吉诃德》一书中，叙述堂吉诃德这一个充满狂热理想但又怪诞不羁的武士，一心要伸张正义，却又在现实世界中节节败退。堂吉诃德在多数人眼中是个疯子，这也难怪，他把风车当敌人，大战风车。有一回，他遇到一位在烟花巷卖身的女子，堂吉诃德竟认定、宣称这位红尘女子是圣女。虽然大家讪笑他，但是他始终坚信那位女子是圣女。而当堂吉诃德死去之后，这位女子终于幡然领悟，她离开污浊的环境，变成一位纯洁、善良又富有爱心的人。堂吉诃德所坚持认为的那位圣女，终于逐渐地褪去淫秽的面纱，露出人性本有的纯洁与美善。在堂吉诃德眼中，一切的缺憾似乎仍是美好的。而他的坚持，最终也改变了原本自惭形秽的女子。

塞万提斯藉由堂吉诃德说明一个圣人的眼中无恶人，一个心地美好充满爱的人，看一切都是美好的。

批判能让社会更完美？

其实，所有的存在都是不完美的，但是人总是努力追求完美，或者说希望一切都是完美：完美的人生、完美的婚姻、完美的事业、完美的社会及其他种种完美的事物。当人看到不完美，不管这不完美降临自己或他人，我们的态度都是先拒斥、批判。对社会的不完美，人们用批判以求改变；对自我的不完美，则是懊恼、挫折。懊恼这种负面情绪，正是自我批判的产物。批判是我们的社会中最普遍的行动，我们似乎相信，批判最终能让我们走向更完美的社会。

如果说刀斧的利锋能雕刻出完美的艺术品，那它一定没有注意到，大地创造苍郁茂盛的树木森林是用何种方式成就。大地给予一切创造之物，不是利刃，而是给予每一个受造物创造之所需。

扩大善，恶会逐渐消弭

塞万提斯给我们的启示是，当我们以美的心态长期看待一个人，即便他是一个恶人，我们都可能最终改变并创造出他的生命之美。我们的态度决定了他的表现方式。

这在慈济世界里称为正面扩大法。消灭恶，不是打击恶，而是扩大善；消灭贫，不是打击富，而是扩大爱。一切往正向看，要改变一个心堕落迷惘的人，必须先鼓励及肯定他对的一面，然后逐渐扩大、强化他的善的面向，最终必将引领他寻回自己的本性。不经由批判去改正一个人，是慈济世界的核心价值。这倒不是说要我们放弃智慧，慈悲更需智慧去判断及引导，但智慧不等于批判，慈悲也不等于没有勇气提出对的见解。心愈是慈悲，就愈清明，愈具备勇气与智慧去转化迷惘的人生。

在慈济世界里，许多原本脾气暴躁或是沉迷酒色财气的人，因为做环保回收，因为加入访贫志工的行列，而逐渐地改掉各种恶习，就是明显的例子。扩大我们善的那一面，恶会逐渐消弭。因此以美的心情看待人、接纳人，终能使人开展出人格之美。

精进心是宽容的另一面

以美的心对待人，并不是以追求完美的心去要求人。如果我们总是以一个追求完美、要求完美的心去对待别人、要求别人，甚或要求自己，那生命就苦不堪言。天地万物何尝完美，完美的只是我们的理念。大地所生成的一切受造物，并不都是完美的。树林间那些低矮的草地，不必艳羡高耸的林木穿越在天际间享受阳光的美，草地间自有繁花艳丽，蝴蝶翩舞，也有日光洒进林间殷勤的光影。

美，在于态度，在于观点。一个事物的美好，是因为我们有一个美好的观点及心境。用美的心境来看一切受造物的特点，而不是以自我的定见去要求它的发展及必须有的样态。

印度诗人泰戈尔就曾说，"鸟儿以为那是善举，如果能够把鱼儿举入高空。"鸟在空中翱翔,鱼在水中优游,生命的样态本来就是不同。衡量一件事的观点必须是相对的、同理的、因缘观的。是什么环境造就了它?是什么因缘限制住了它?理解人及事物的处境,我们才能看清楚为什么他的生命样态如此这般;理解他的生存基础及因素,我们就能客观清明地同理他的命运。而有了这个同理心,批判的心就会降低许多。理解,是面对一切事物应有的始点;理解,也是谅解及慈悲的基础。

感同身受,使我们面对不美好都不致有恼恶之心。这倒不是说,我们要放任不美好的情况继续存在下去,而不去努力地改进它。包容或容许差异固然重要,但一件事如果是不好的,我们还是必须要改善它。宽容的另一个面向是精进的心,但是要改变那不美好的事物,必须心存美好。

谁来砸这块石头?

回想起年轻的时候看过一部《圣经》电影,内容叙述一位犯了淫乱通奸的妇女抹拉末,被一群愤怒的希伯来群众带到耶稣的面前。众人对耶稣说明女子的罪行,按当时希伯来的律法，犯通奸的妇女必须接受处死的极刑。那位妇女被愤怒的群众狂暴地踹在地上，众人呼喊着"用石头打死她！"耶稣轻轻地捡起一块石头，转身对着众人说："是的，这个妇女有罪，我们应该用石头打死她，那请在座没有罪的人来砸这块石头吧！"众人听到耶稣的话语，竟慌张地纷纷退去了。

是的，谁没有罪，世间的人谁完美？

一样是改变生命，医生的手术刀和杀人的利刃是完全不同的。批评或建言必须含有爱，否则就成利刃，不管是改善自己或改善他人的缺憾都应如此。医生的手术刀是为了去病，为了病人身体好才使用，这种对于不完美的修正是基于爱心。内心有爱，我们才能真正有效地修补事物的缺憾，并逐步臻于完美。美的缔造，其出发点正是一颗富含爱的心。

美，在无所求的付出

证严上人教导弟子的并不是在这无常不美好的世界中，去批判某一单位没做好社会福利，去批驳主政者没做到医疗平权，去指责社会贫富不均，去怪罪人心的贪婪等等。他用实践化解这一切冲突，用付出及无私的爱去创造、改变那些不美好。那种行动式的理解，是真正的慈悲，是根本解决社会问题的大智慧。

要知晓一朵花的美，东方和西方的态度恐怕很不一样。东方重直观，西方重分析理解。同样是一朵花，西方科学理性主义者会将花放在实验室里面，进行实验观察，甚至将花朵解剖，分析花的成分，以便了解生物的奥秘及创造神奇之美。但正如所有存在主义大师对西方科学理性主义的批判——理解，无法透视事物的真实面。解剖花瓣，花已经被支解，你无法经由解剖它，掌握它的全貌。科学的理性主义最大问题就是，它永远无法避免在了解一件事物的过程中不去破坏它。分析是破坏性的、支解的、片段的。你如何从剥开花瓣的过程中，感受花之美？你如何在切开青蛙的胸腔中，体会它在池边的快意？你如何在敲碎蚌壳之际，触及它贴近大地的喘息？你又如何在解剖身躯里，寻得人类灵性最深切的奥秘？知晓他一生未尽的话语？

而东方对于美不是分析、理解，而在于直观、相忘。陶渊明说："采菊东篱下，悠然见南山。山气日夕佳，飞鸟相与还。此中有真意,欲辨已忘言。"这一句"欲辨已忘言",道尽中国社会对美的极致感受;美在于直观的把握,物我合一的相忘。在那一个"悠然见南山"的刹那震撼间,山与人是相忘合一的。在那个深切的"此中有真意"的生命体验中,陶渊明并未完全说出"此真意"究竟为何?其实说了也是白说,因为真正生命最深刻的体验及洞见,岂是言语所能道尽,因此欲辨已忘言。这种深层次的沉淀及喜悦,陶渊明应该是在那一刻体验到生命最高的境界:一切本无分别。生命在那个刹那间,瞥见永恒所散发出的无比魅力。

禅宗也说,看见花,说花很美;其实说它美,已经跳开了物,物与我已经分离。"说明"是分析理性,分析理性永远使物我分离,而一分离就不可能产生美。禅宗进一步说,看见花,"啊!"赞叹了一声,那一声赞叹之际,物我是一致的,不区别、无分离的。物我合一的相忘境界,是东方美感经验的总结。

如果西方科技理性对于美的态度是从理解着手,剖开花,分析花的美;那么,中国人的美则是物我合一的美,或如禅宗所言,在"啊!"惊叹花的美之际,与花融合为一。而慈济人对于美的概念是看到一朵花,照顾它,灌溉它,看它生长,从中领受花之美。那个美是无目的,或者超越个人的目的,在无所求的付出中,创化生命及心灵之美。

证严上人看到一位年长的志工做环保,并且乐在其中,他就会说:"美啊!"因为这位环保志工用纯粹的心,为大地付出,藉由回收物品感通万物、疼惜万物的心,让上人说出"美啊!"陶渊明藉由采菊东篱下,见到南山的刹那,感受万物与人之相忘一体,那是一种美。而慈济环保志工经由环保回收,体会生命、物命的无价,藉由触碰到的每一个

回收品体现万物与人的感通。他们做到证严上人所说的珍惜物命；众生，应包含所有一切有形无形的生命。而这种珍惜是透过行动实践的。

批评之前要去爱他

《大河恋》(A River Runs Through It)的作者诺曼(Norman)叙述一位住在美国蒙大拿州的牧师，他有两个儿子，一个从小喜欢写作，后来当了作家，就是诺曼自己。另一个是他弟弟，从小叛逆，后来当了记者，但结果不幸在家乡的一个小赌场与人斗殴被打死。诺曼的牧师父亲一直不能理解小儿子为何一生最终会遭此不幸。牧师始终念念不忘小儿子的死。到了晚年，在一次布道中，牧师对大众说了一句话，他说："我们并不需要完全的理解，才能完全地去爱。(We can still love him completely without complete understanding.)"这亦如泰戈尔所说："我最后的祝福是要给那不完全知道我，却还爱着我的人。"

虽然没有完美的给予方式，但是爱的心是完美的。

我们为何对于社会的错误，对于他人的错误，对于周遭的各种不如意愤愤不平,并严厉批评指责呢?

当爱结束,批评就开始。当社会或周遭不完美,不正是我们付出爱的时刻吗?

批评并不是不义之举,而是它不能带给人最终的平和及喜悦。上人说:"当我们要说一个人的不是,我们要先问问自己有没有爱他。"

批评就像斧头,它砍伤!但爱就像是大地,它孕育滋养万物,容纳他们的差异,丰厚他们的生命。

一切人间事都是不完美的,我们追寻完美的心,绝不能完全托付于有形的人事物之上。因为一切有形的事物总是不完美的。如果事物都必须如我们所期待般的完美,我们才感到喜悦,那么人生就注定是苦果。如果事物不完美,我们就批判,爱就被进一步地斫伤。心的恒常喜悦及满足,应该来自于我们内在的"信念",来自我们本性具足的爱之能力。

是狗，还是狐狸？

> 当我们怀疑时，应该要问问自己，够不够自信？够不够爱自己？够不够爱他人？

以前，还未进入慈济全心学习，很多时候和资深的慈济人谈事情，我总是以记者的聪明，分析很多事，质疑很多人。资深委员都会跟我说，你太聪明了，你应该钝一点。直到这些年，她们发觉我钝了许多；或许不是真的钝，而是比较有自信，自然对人也比较包容。

胡适先生曾说："做学问，必须在不疑处有疑。"这句话是典型的理性主义的思维。这思维当然没有错。做学问求真，要在疑问中找答案，发觉未知的事实。

做学问是该如此，但是做人做事如果如此，那经常得到的，会是我们心境的投射，而不是求到什么未知的事实。

新闻记者有一个信条说："当你妈妈说她爱你，你最好求证或确认一下。"在西方的思维下，怀疑是记者的天职。怀疑引领记者去追求真相，可是怀疑也让真相变得扭曲，让人性变得阴暗，让面孔变得晦涩模糊。

人为什么会怀疑，因为别人做的某些事违反我们的经验法则，他和我们的经验不同。

什么样的人才算有福气？

宜兰有一位一百岁的老阿嬷放着好日子不过，却要天天做垃圾回收，为什么？这是邻居共同的疑问。回想十年前，当老阿嬷开始当慈济环保志工，街坊邻居都骂阿嬷的孩子们不孝，为什么要让老阿嬷收垃圾过生活。子女受不了邻居指指点点，也劝阿嬷不要做了。显然大家很难相信一个老阿嬷回收宝特瓶、纸张等，是为了做社会公益。人老了都是想要享清福，清闲就是享福，谁相信老阿嬷偏认为"造福、利他才是福"。凡是违反经验法则的事，我们都先怀疑。

为什么慈济盖了医院会不收保证金，不收保证金医院怎么经营下去？这分明是作秀。盖大爱电视台不做商业节目，不做广告营收，这怎么维持？大爱剧场必须忠于事实，这样的戏剧怎么做？显然之前，台湾电视界的每一出戏都是虚构的多，真实戏剧违反制作及导演们的经验法则；电视台不营利、不做腥煽色的节目，那谁看哪？这和经验不符。结果，慈济医院二十年来，一路影响带动医疗保证金的废除，带动医院志工精神的进入，带动以病人为师的人医榜样。大爱剧场也成为观众的最爱，大爱电视更成了社会最具影响力的电视台。

今天看来，这一切似乎都是理所当然，但是回头看看当时许多人反对证严上人盖医院，许多人怀疑上人能办电视台，然而，今天的结论都指向一个方向，那就是上人是对的，他是真知灼见。

如何爱人，就能如何包容别人

任何领先群伦的人总会招致怀疑，因为他的见解及眼光超越当时的时代经验。孔子说："唯上智、下愚，不移。"和伟人同行如果不是真有眼光，那也要谦逊地死命跟着，以免落入怀疑之中自苦，也苦了他人。

当我们自认为走在对的方向的时候，当我们努力创造，已然开拓出新的主流之际，我们极可能会落入另一种怀疑的心情。那就是看着别人，认为别人和我们不一样就是错的，不跟着我们信仰的人都是错的。结果我们又回到经验法则的陷阱里，怀疑他人，结果造成冲突及分裂。世界上很多宗教在初期被众人怀疑，而等到它自己成长茁壮，信徒们反而开始怀疑不信该教的人，这情况屡见不鲜，甚至惩罚不信该教的事例，在历史上也层出不穷。

缺乏包容是怀疑的另一个罩门。不包容，通常也很容易发生在对信仰坚定不移的人身上。中世纪的宗教审判将异教徒处死的人，都是坚定的信仰者，这是将经验法则推向极致。不容许违反自己经验法则的人，包容是不存在的。

其实问题不是经验的固守，而是缺乏爱的动能。当我们寻求经验及法则来判断，我们极可能失去人性的另一个真实的层面，那就是人是可以改变的事实，而还没有被改变的人，其实摒弃和惩罚他们都不是究竟之法。

所以证严上人说："信己无私，信人有爱。"信己无私，是清明透彻的觉性，但信人有爱，是无比的大智慧及大勇气。信别人心中都有爱，因此迟早会被度化、会被点化，这是慈悲及智慧的结合。我们如何爱人，我们就能如何地包容人，我们如何地爱人，就能如何地相信他人终有向善的机会及可能。

人性互为主观

爱和怀疑是不相容的。不怀疑,不是来自知识的丰沛,而是来自于爱。我们爱人的能力有多深,我们对别人的信任就有多广。我们看到许多聪明人都多疑,因为他的资料库多而广,某一个人的行为发生,他会寻求经验知识的资料库开始比对,然后找出对应的方法及决定信任的程度。而实则,你多大程度相信人,那人就能多大程度被你信赖,这并不是诉诸慈悲的无智慧,而是人性本是互为主观。要知道物理学家海森堡教导我们,一个基本的原子在被观察的时候,它已经被你的观察行为改变了,这是为什么我们永远无法了解原子的真正原本结构。一切都是互动的产物,互为因果。如果原子都是如此地受外力的影响,何况是人?

物质没有本性,因着环境及他物而生成,人性又何尝不是如此?真诚或欺伪,端看我们如何被对待。这不意味着我们否定某些人的确比较不可信赖,但是我们说的是,人可以因为不被怀疑,人可能因为被包容、被爱及被信任,而最终逐渐改变行为,这就是证严上人的宏愿——天下没有我不信任的人。这是大爱的宽宏及智慧。

疑心的产生

俗话说,疑心生暗鬼。一怀疑,我们就失去判断力,所以不是经验产生怀疑,是怀疑的心让我们失去自信,扬弃我们正常经验及判断的智慧。

上人说过一则寓言故事,说明怀疑的心如何让我们抛弃自我原有显而易见的判断力。这故事叙述着一位老和尚喜欢下棋,有一天山上有人去世,请他去做法会,他因为贪下几盘棋,傍晚才启程,到了山上都晚上了。做完法事,丧家给了他一些糕饼,他就赶紧下山。

到了半路,天色实在太黑,这时他有些紧张,就愈走愈快,但是不知道什么时候开始,后面有一只狗一直跟着他。老和尚踉跄地经过山边村落的杂货店,决定进去买油灯。他顺便问老板附近有没有人养狗,老板回答他说,这附近没有狗,不过有狐狸出没。老和尚这下更紧张了,他拿着

油灯,一路上小快跑。但是后面那一只"狐狸"一直跟着不离开。好不容易老和尚绕过山坡,喘着气,回到山脚下的寺庙,他大喊着庙里小和尚的名字,"赶快拿扫把来把那一只狐狸赶走!"小和尚匆忙拿着扫把,向那只"狐狸"一挥,费了十分力气,终于把那一只老和尚所说的"狐狸"赶走。

老和尚惊魂未定,喝了口茶,问小和尚情况如何哪?小和尚这才回答说:"师父啊,那是一只狗!已经被我赶走

了,可是奇怪得很,那狗儿嘴里还含着一袋糕饼,丢在地上,然后跑了。"这一下老和尚才恍然大悟,原来他急着赶路,结果掉了糕饼在路上,是这一条狗一路叼着要还给他。

　　这故事告诉我们,人在害怕或丧失自信之际,连自己原本认定的事都不敢确信。明明是看见狗,但是因为心里怕,听人家说有狐狸,他就把好心的狗当作坏心的狐狸。可见怀疑不是源自缺乏智慧或判断,而是丧失自信的结果。

我们的疑心在许多时候是对自己失去信心,是不相信自己。暗鬼经常不存在,是被心里的疑所创造。我们真正要担心的不是他人,是自己的内心。这就像是罗斯福总统在大战前夕呼吁美国人,"不要恐惧即将发生的事,而是恐惧我们内心有恐惧。"(Do not fear what you have fear, but fear your fear.)这也诚如《心经》所言,"心无挂碍,无挂碍故,无有恐怖,远离颠倒梦想,究竟涅槃。"内心一旦脆弱、恐惧、丧失自信,疑心就会悄悄进驻,最后创造出你担心的结果。当彼此怀疑,人人为了保护自己,最后都会伤害对方。美国犯罪学家做过调查,在美国百分之九十被杀害的人,都拥有枪支。拥枪无法自卫,因为歹徒看你有枪,也怕你伤害他,就干脆先下手为强。

疑心滋生他人的疑心,最后导致互相伤害。

怀疑,不只是由于缺乏自信,它更是不爱自己的产物,当一个人不爱自己,他会企求更多别人的爱。而吊诡的是,他企求的是他无法信任的爱,这就像是一个底部破洞的容器,如何能装住水?但他渴望水,是那缺口及渴望让他得不到爱,让他看到别人给他的爱永远不够,永远需求更多,于是这渴望会滋生疑——他是不是不爱我?这就是为什么许多人常常跟自己最爱的人翻脸，因为那个爱有缺口，底部有漏，永远装不满。因此怀疑那分爱，最终也将失去那一分爱。

怀疑经常源自对经验法则的确信，怀疑是缺乏爱的动能之反应，怀疑更是丧失自信之后的产物。

当你怀疑，你要想一想，问题不在你有没有足够的知识或经验，对该人、事做出正确的判断，而是问问自己，你够不够自信？你够不够爱自己？你够不够爱他人？

当你觉得受伤

伤害的感觉来自于哪里，是自己，还是别人？

当你觉得受伤，你可能会万分挫折，偷偷地瑟缩在一旁，躲起来，疗伤止痛。

当你觉得受伤，你可能会找一个亲近的人倾诉，希望在他的爱及支持中得到补偿。

当你觉得受伤，你也可能坚决地采取报复的手段，以为如此就能宣泄心中的愤怒。

当你觉得受伤，你其实可以抓住这个学习反省的机会，以迈向更高的生命智慧。

事实上，除非我们同意，否则没有任何人或任何事能让我们受伤，不管它是人事的纠葛或生命中突然袭来的无常。

爱人让你感觉不被伤害

一个容易受伤的人，通常不是因为缺乏智慧，而是缺乏自信的缘故。没有任何人不会犯错，没有任何人能避免被其他人有意或无意地侵犯，或伤害，或攻击。这不是智慧足不足够的问题，人的自利及自我防卫，让人不自觉地会在利益或自我保护的考量下，对别人做出伤害性或攻击性的行为。不管是在职场，在团体，或在家中，自我的互相冲突导致的攻击及伤害在所难免；任凭你智慧多高，难保不会受到委屈，觉得受到伤害，而这是生命的历程中无法避免的。重点是我们要如何回复别人的可能攻击或伤害，其关键就在于尽量让自己不觉得受伤害。只要你不伤害自己，亦即只要你不否定自己，那么便没有任何人能够伤害你。

通常比较有自信的人，同样也比较不容易受伤，因为他不会因为别人的攻击、伤害而进行自我的否定。伤害，特别是被周围共事的人或是亲近的人伤害，通常是一种爱的否定及撤退，它会深深地剥夺一个人原有的自信心。因此我们就会逃避到熟悉的处所，或寻求爱我们的人陪伴，以得到慰藉。心理学家就证实，童年时期被爱得多的人，比较不会在心灵上受伤；被抱得多的孩子比被抱得少的孩子容易有安全感及自信心。所以当你自觉受伤，你要知道让你受伤的人是你自己。

一个人即便在受委屈、在遭受误解之际，心中仍无委屈感，是因为他时时怀抱着对别人的爱。证严上人曾讲述，一九六六年他在花莲乡下某医院的走廊发现留有一摊血，经告知原来是一位原住民难产妇女，因为缴不起保证金而不被医治。二十年后，当证严上人被问及为何在东部盖医院，他讲述了那一段艰辛的医疗历史。后来也被知名作家纳入出版品发行。虽然法师从未说明一摊血是发生在哪一家医院、哪一位医师。但是三十多年后，该医师的子女控告证严上人所讲述之一摊血事件为不实，并已涉及毁谤。官司进行两年之后，经过电视记者访查，证实一摊血的故事的确存在。当时原住民妇女是住在丰滨乡的陈秋吟女士，她生第三胎时难产，经族人陈文谦等人抬到凤林一家诊所就医。原住民陈文谦在法庭也说明，当时因为家人缴不起保证金，未获诊治，只好又抬回去；在半路上，陈秋吟和腹中孩子都不幸往生。刑事庭一审及二审基于事实的认定，宣判慈济胜诉。

但是民事宣判之际，法官一方面认定有一摊血这个事实，一方面却还是认为必须要赔偿对方一百零一万元。证严上人面对这件不公平的判决，只说"他不解，但他也不舍"，所以愿意遵守判决。一方面不理解法官判决的矛盾，一方面却更不舍被告及原告两位老人家必须被官司拖累磨难。虽然所有的律师及弟子们都要他上诉，包括一位资深权威的医疗法律师，自愿请缨协助打上诉官司，并说如果不能平反，他就不再做律师；但是上人依然坚持放弃上诉。即使面对不公平的对待，面对误解，上人依然没有受伤的感觉。这不只是因为他自己对于这件事无愧于心，而更重要的是，他能深深地体恤受官司牵涉的那两位老者及其家人身心所遭受的苦。正是爱别人的力量，让上人不感觉自己受伤。

所以当爱别人的心愈真切，我们就愈能忘记自己的伤痕，进而克服自艾自怜，做出更大的品格超越。当你自觉受伤，赶快去爱人吧！在爱他人的过程中，你不只会疗伤止痛，甚至臻至你无法企及思议的平静和喜悦。

走出悲伤的方法是帮助他人

在屏东有一位师姊，她是一位环保志工，也是社区读书会的成员。她加入慈济的因缘，是因为她深爱的儿子，在二十岁的年轻岁月，不幸车祸往生。她陷在痛苦的深渊中将近一年，她忘不了她的儿子，那从襁褓之中就一直依恋疼惜的宝贝。就在她过度哀伤而几乎罹患忧郁症的时候，慈济志工邀她去做环保回收。接着，她在社区里参加读书会，一次在上人的书中读到了超越哀伤的秘诀，就是去爱人的一段话。顿时之间，她开悟了。她开始选择不哀伤，她开始选择积极地去爱他人。现在她在屏东带领了二十多位志工，一起加入这个守护生命、守护爱的大家庭。她把一己的悲伤，转为爱他人，帮助他人。她不但走出哀伤，也帮助了二十多个人寻得新的生命，转变了他们的家庭。

在斯里兰卡的大海啸中也有类似的故事，一位中年男子，当志工看到他的时候，他已经一个星期没有办法进食，他的妻子及三个孩子都丧生在大海啸之中。他的生命如同行尸走肉。慈济人见了他，问他话，他都不回答。慈济人就唱歌给他听，唱着唱着他终于哭了，他绝望的冰冻的心终于苏醒了。志工端了一碗热腾腾的粥给他吃，那是他七天以来第一次进食。进食完后，两位志工抱着他，让他尽情地哀伤。第二天志工为他穿上慈济背心，在义诊站里当志工,协助翻译及登记的工作。一天、两天过去了,他逐渐恢复笑容。帮助别人,让他对生命又重新找到希望。

受伤的终点是爱他人。不管是无常的生命所给予你的,或其他人加诸你的,只要你能继续不放弃爱他人,你就不会停留在伤痕里。

人在世上除了无常造访,让我们受伤,人事的纠纷更常令人心生退却,想躲到自我的保护圈里,不再相信人与人的爱。其实爱在我们心中并没有人能夺走。上人说,跌倒了也要懂得抓一把沙。这是一种生命的智慧,一种对自我坚定的信心。人怎能不跌倒呢?重点是,下一次就更知道要怎么走!因此挫折是智慧的开始。与其花时间哀伤,祈求得到支持爱护,以作为疗伤,不如以此作为借镜,知道下次如何避免因为别人的嫉妒或自我的执著相冲突之缘故而被伤害到。更重要的,如果你能积极地辅导帮助其他人不受到伤害,那也是跌倒后的收获。

当你觉得受伤,千万不能心存报复,那只会让自己的伤痕更深刻地烙印下来,应该用更开阔的心去关怀其他人。反其道而行,建立爱人的典范,你不仅可以超越受伤,更避免环境中更多的人因人我的冲突而受到伤害。当你觉得受伤,就是你要建立新典范的时候,赶快敛神反省,看看周围有哪一些人需要被关怀,需要被爱,你定能走出短暂的伤痕,用更柔软宽广的心面对生命,面对一切周围的人。

当权力不再

> 若无空性，如何涵容众生？老是把双手紧握，如何能抓更大、更美的东西？

生命，如歌德所言，"似成千上万的星辰，在相同的夜空中周而复始地运行，如同成千上万的拱柱彼此紧密交错生生不息。而一切的挣扎，一切的呐喊，一切的欢乐，一切的痛苦，在上帝眼中都只是永恒的安宁而已。"

翻阅《资治通鉴》，看看中国古代帝王的权力之大无人能比，更非今人所能想象。君要臣死，臣不敢不死。帝王后宫佳丽三千人，诚如新儒家的哲学大师唐君毅所说，一个人怎么能够有能力和时间与三千名佳丽相处？那不过是一个人无限扩张的欲望之表征。人追求无限的扩张是人性的一项特质，期许超出个人身体及能力的限制，是人类心灵深处的渴望。

这种人自我无限扩张的趋向，并不只是发生在贪恋权力的帝王或喜欢当头的人身上，有些人将这种扩张性表现在创作上。米开朗基罗的大卫雕像亘古隽永,他在冰冷的石头上,一刀一刀地雕琢出永恒的生命,那其实是对死亡的一种不屈和挑战,它的背后是对于生命最终必然毁灭的恐惧。恐惧死去,恐惧最终自我的消亡,是人亟求无限扩大的动力。

但也有一种觉醒的人,明白向外求,明白任何形式的创作,最终仍是面对最终的虚无。因此他们将这种扩张的趋力转向内心,向内求,追求自我的克制,自我生命心灵纯净的升华。他们超越欲望的控制,人性贪婪面的趋力,摆脱了欲乐的枷锁,而回归单纯的况味,获致内心深刻的平静。老子有言:"知人者智,自知者明;胜人者有力,自胜者强。"自胜者才是强者。一如史学家说,拿破仑能征服世界,但却不能征服自己。

但多半的人性是宁愿征服别人、掌握别人,而不愿意征服、掌握自己。

自我扩张的欲望

在世俗社会中,多数人还是一如帝王的性格,追求自我向外的扩张。期许透过权力,让自我的欲望得到无限的延伸。无可讳言,权力是自我扩张最直接的力量及管道。中国历史上,每朝每代总是充满了大大小小、多多寡寡的无情杀戮和对人性无止境的压迫及斫伤。

西汉的大将韩信,一生不甘平凡,总是追逐着被重用,追逐着权力的拥有。他在战时大权在握,踌躇满志,可是一旦战争停歇,他就觉得抑郁寡欢,最后终于沦落被诛杀的命运。相反地,张良在刘邦得天下之后立刻引退,沉浸于道家超越凡俗的生命境界。李白诗句里"明日散发弄扁舟"的惬意,正是描写协助越王勾践复国的范蠡,在功成之后立刻引退。他们深谙进退之道,所谓鸟尽弓藏,功成身退,夫惟不居,是以不去。这是远离权力的智慧,也是因为他们多半怀抱着超越追逐权力的更高远的内在生命境界,他们不必借着控制他人作为生命的成就和依归。

为什么人会透过控制他人的心智而得到满足呢?与其说是满足,无宁说是恐惧。控制欲,是源于自我亟求无限扩张,而扩张则来自人对于最终必消亡的恐惧。这种恐惧驱使我们无止境地占有、支配。直言之,当我们恐惧,我们就想占有。

但是看看花莲慈济医院墙上的那一句话："多求也多变，多变也多生，多生也多灭，生生灭灭，日日年年。"证严上人的这一段话，如同《三国演义》的作者罗贯中所言，"滚滚长江东逝水，浪花淘尽英雄，是非成败转头空，青山依旧在，几度夕阳红。"这种对生命透彻之后的觉悟及感慨，感慨众生执著追求拥有欲的无限扩张，但最后终要面临寂灭的消沉及悲凉。

见作欢喜的境界

不要以为只有帝王或当官的有权力欲和控制欲。许多退休的军人无法做好一个安分的家庭父亲，把儿子、女儿当部队士兵一样地管教，时有所闻。母亲爱孩子，从襁褓之中，每天都以孩子为中心，渐渐地，孩子长大了，母亲会有失落感，甚至严重的会潜意识里不希望孩子长大，孩子也会本能地感受到母亲的这一分矛盾心情。这会让孩子期望独立，又怕伤害母亲，所以选择继续依赖。心理学家说明这一类孩子长大后，经常会有某一些严重的心理症发生，如虐待或被虐待症状等。乡下不识字的农夫传宗接代的观念重，祈求多子多孙、传宗接代的观念，从社会心理学的角度来看，其实正是渺小的个体追寻无限生命扩张的渴望。

祈求扩张的心无所不在，它表现在权力的追寻、生育的欲求、母爱的执著、物质的拥有、创作的趋力、成就的动机等方面。

工作狂，其实也是一种自我扩张的具体表现。凡是不由自主地追求某一项外在物，都是扩张的心所导致。

做慈善公益，在教会庙堂之中修行，会不会也发生无限扩张的心呢？南朝梁武帝笃信佛教，他在位期间剃度几千位出家人，广修上百座庙宇。一次他遇到印度东来的达摩法师，梁武帝问达摩："我广修寺庙，度僧无数，功德如何？"达摩回答他："无功德！"梁武帝诧异地惊问道："为何无功德啊？"达摩回答说："功德在法身，不在福田。"

法身即内心的修行。修行以慈济来说是透过利他来实现的。"无所求的付出"，是上人要慈济人奉行不悖的最重要理念。当一位资深志工从开始初发心，一心学习为苦难人奉献付出，逐渐地，她体悟到生命的无常悲苦，放弃优渥的生命享受，将苦难人的生活视为自己的生活。她体现佛教里所言的"自作欢喜"，无所求的奉献付出；逐渐地，她也影响周遭的人一起加入利他的志工行列,终于成为大家学习及敬爱的榜样。而她也如同母亲带小孩一样地呵护、指导年轻一辈的志工菩萨。这时候她做到了"教作欢喜"的阶段。而逐渐地,经过许多的历练,经由学习上人的法,当年轻志工也成熟长大了,逐渐地,她们没有那么依赖她,没有那么事事必须听取她的意见。这时候,她作为一位资深志工,能不能由原来的"自作欢喜"、"教作欢喜",到最后仍能以宽广的心"见作欢喜"呢?

当年一念心跟着上人就是要体现付出无所求。尽管在加入利他行列之前,也曾经如世俗中人,追求欲望的扩张,也曾经心中充满了各种各样的控制欲,但做到了利他的付出工作以后,这些性情是否就自然消退了呢?欲望,在很多时候其实并没有消失,它只是转化了形式。成就动机,控制的心,其所根植的无限自我扩张之本质,是否已经连根拔除了呢?

如果是,"见作欢喜"是人间多大的自在!看到那么多的人一起耕耘菩萨大道,这是何等欢喜!虽然被需要的感觉很好,但是我们不应沉溺于过去那些有形事项的被需要,因为一条更永恒的慧命之路,还等待自我不断地淬炼提升。

如果不是，那就苦啰！活在众人跟随，活在别人称羡、赞赏、恭敬的眼神氛围中久了，一下子不再受到众星拱月般围绕，内心的失落苍凉可以想见。不是无所求来的吗？《无量义经》的教导还在耳际，"非因非缘非自他"，自性不是来自外在的肯定及称羡，当年在世俗社会中要抛弃的，如今还要从内心再重重地抛弃一次。抛弃了就自在了，具足的本性才会真正看到他原本的面目。

清净本性具足一切

上人循循引导慈济人，从付出无所求开始体会，最终是让我们理解"清净的本性本来就具足无缺，还要所求什么呢？"

归结之，解决扩张的欲望是一辈子的事。不管身在红尘或圣殿，扩张的趋力、控制的心、欲求的心、惧怕失去的心，都是必须时时面对，因为它会以不同的形式回来。"一念无明三千细"，微弱的意识如果还留着，它就会寻求机会，在你最脆弱的时候向你袭来。这如同印度诗人泰戈尔所说，"裂口留在生命里，死亡的哀歌就会从里面流出来。"

那死亡是非肉身的,而是心灵本身的迷失。自性、佛性本自具足,非有非无,依缘起而有,依缘灭而空;而空,是另一个慧命的创造,另一次承载众生的好时机。不空,如何能涵容众生?老把双手紧握,如何能抓更大、更美的东西?当然如果把抓的心拿掉,那抓或不抓都很自在。

解决生命中根深柢固的控制欲之关键,还是必须从内心着手。了解有限的人生之种种,都如梦幻泡影,一切都是转眼烟云,一切都只是一场生命的试炼,是以有限的身体,锻炼无限的慧命,一如证严上人所言,了解更大的生命之存在,了解人有一个更恒久的心灵实体,人才会逐渐去除这种以欲求满足、以控制外在物作为生命原动力的人格模式。这种模式的人生虽然充满了欲望的快乐,但是其结果仍旧不能把握,仍旧是苦。这是佛陀一再说的,众生以苦为乐,不知道真正的长久快乐,是追寻人本来就具备的清净本性。印顺导师在他的著作里尝言,人为何贪恋于情爱之乐?因为他没有体会性空寂然的当下那一分乐。这是导师难得在思想论理之外,一种具体的经验之谈。

修行,是从利他着手;从无所求得喜乐,从无所执得智慧,从无所住得自在,从本性具足得清净解脱。

当看到别人有错

当看到别人有错时,而我们也确认自己没有看错,我们应该如何做出回应?

菲律宾在二〇〇六年二月下旬,发生严重的土石流事件,就在政府及国外援助团体积极抢救罹难者以及受害者的同时,马尼拉也传出政变。这个政变很快地被弭平,但是余波荡漾,推翻阿罗约总统的示威不断。而带领示威者,就是二十年前领导群众推翻马科斯的科拉松·阿基诺。二十年前,二十年后,当年的政变仿佛昨日,虽然推翻的对象不同,但是抗议的手段及方式若合符节。任何当年参与推翻马科斯的人,大概不会想到二十年后,同样的剧本会重新上演。

其实,对抗的对象虽然会改变,但是对抗过程中所留下的种子会继续发芽茁壮。

第二次世界大战结束以后,许多非洲国家纷纷脱离西方列强的殖民统治,这些非洲的原住民或以抗争,多数以暴力推翻白人长达两三个世纪无情残酷的统治。白人为了有效控制非洲的黑人，血腥镇压的情事经常发生。耐人深省的是，虽然非洲的黑人推翻了恐怖统治的白人政权，正庆幸着、期待着自由及人权能得到保障；但是适得其反，黑人统治黑人的局面并没有更好。黑人统治黑人造成的残酷屠杀，比白人镇压黑人尤有甚之。包括二〇〇三年发生的索马里大屠杀、卢旺达黑人部落间的内战、乌干达的暴君阿明屠杀百万人的悲剧等，这些脱离殖民统治的国家，都出现类似的独裁统治及集体屠戮的事件。这些国家在过去都曾积极地用武力对抗的方式推翻白人的统治，但是暴力的颠覆并未带来人民期望的和平和安乐。

虽然敌人走了，对抗的对象似乎消失了，但是对抗的因子会延续下去，它会为自己寻找新的对抗对象，它会持续深化社会的对抗文化，甚至导致仇恨的杀戮，这种剧码发生在每一个国家、每一个时代的对抗悲剧之中。

对抗一旦启动，不分对象

即便是印度的圣雄甘地，一生标举非暴力的对抗，不发一颗子弹成功地结束英国的殖民统治,但是非暴力的对抗也是一种对抗,这种对抗的文化,最终会被其他使用暴力的人利用来作为对抗的新模式。英国离开印度之后,煽动伊斯兰教徒和印度教徒的不合,以伊斯兰教信仰为基础的巴基斯坦为了脱离印度独立,让在巴基斯坦的印度教徒和在印度的伊斯兰教徒进行史上最大的民族大迁徙。这巴基斯坦脱离印度及伊斯兰教徒和印度教徒大迁徙的过程中,造成许多的暴力及冲突,不但数百万人丧生,也让一生主张非暴力的先知,死在暴力之下。

对抗的种子是盲目的,一旦启动,不分对象,它会不断成长,终于将所有的人卷进这仇恨的共业之中。

恶人得势,你不要嫉妒

有史以来,伸张正义和主张和平就是两种不同的解决错误或不正义的方法。伸张正义者说应该消灭不义,但主张和平者却说,爱那个不义的,他终究会反悔。所以耶稣临死前面对要钉死他的罗马人说:"天父啊!原谅他们,因为他们不知所做的事为何。"这是一种对不义的谅解和爱。

面对恶人,《旧约圣经》也说,恶人得势你不要嫉妒他,更不要学习他。这就是不跟敌人起舞。别人做错,我们更要做对,不要学习他的方法去对抗、去伤害、去杀戮,甚至是去严厉批驳。

曾经一位中国大陆的学者到花莲拜访证严上人,这位学者问上人,和平如何到达,错误如何改正?证严上人轻缓地说,古代许多志士能人看到国有暴君就揭竿而起,挺身而出,号召众人推翻暴政,结果死伤牺牲更多的人,大家为何不立定志向,好好做对社会有益之事呢?

正向建构,不对抗,是证严上人所奉持的核心精神。

对象会不断寻求新的对象

看看过去王朝末期,起义革命之后,事实上只是树立另一个独裁统治的君王,人民的生活地位并未真正地提升和改善,所以金观涛等学者把中国这种千年不变的治乱交相更迭循环,称为超稳定结构。

当一个单位、一个组织里面的人开始了争斗文化,这争斗文化的起因通常有一个相当好的理由,诸如某人行为不当、某人行事缺乏正义等。这些作为都应该予以制止更正,但是更正的方法究竟如何?通常都是批判及对抗。现代社会中公会和资方对抗、百姓和政府对抗,对抗愈激烈,愈能容忍对抗,似乎代表愈民主,但是对抗一旦形成,自然会有一个超稳定结构,它会不断地寻求对抗的对象,直到团体崩解。

以证严上人的实践思维而言,表面看来好像很消极,但却不会落入这种周而复始的对抗循环之中。

看到别人有错,要以身作则

"别人的错误当警惕",他人的错误可能就是自己内心的反射，我们当敛神反省。看到别人有错，正是反省我们自己有无相同错误的最好时机。我们不但不能跟随他人的错误，还要以身作则，树立新的正向典范，让其他人见了心生感动，而思维着跟随你的步履。

证严上人在四十多年前看到台湾社会的医疗保证金制度，目睹原住民妇女因难产求医，却付不起保证金未被医治。他当时并没有责备医生，也没有和医生理论，更没有沉默以对，毫无作为，或是要求别人去做制度性的改变。相反地，他立愿成立慈济功德会，自己和弟子每日多做一双婴儿鞋，希望能借此帮助那些付不起保证金的病患。从他号召十位家庭主妇每日省下五毛钱，这种积极正向的作为，到现在已经在全球汇聚了上千万的善心人士，在全世界救助了数千万人的生命及生活，这是以身作则正向建构的巨大成果。

当台湾传播界腥煽色充斥，他不是写文章去批评媒体，而是去建构一个大爱电视台，希望化浊流为清流，让清流终成主流，这是以不对抗，别人有错我们不跟随，不恶意批驳，反观自己以身作则，感召更多人加入善的行列。这项实践原则，已经在全世界展现出巨大的能量。所以，彻底拔除我们内心对抗的种子,以自身的善解及智慧,正向地建构典范,不是透过打击恶,而是积极地把善扩大,人类才能终究获致真正永久的和平、正义和安乐。

辑二

自我的追寻

无形有大用

> 真正决定我们存在的，是有形的身体，还是无形的心？

那能盛水的，究竟是那个空间还是那玻璃体？能让我们穿上衣服的，究竟是那剪裁得当的布料，还是那个空？能让我们住进去的，是那个设计良好的水泥墙，还是有形的空间？一旦玻璃杯的玻璃破了，能装水的空有毁弃吗？当衣服的布料毁损了，能让我们穿上的那个空间就不存在了吗？当水泥墙倒塌了，那能让我们住进去的空间就不翼而飞了吗？

一如杯子、房子、衣服的存在方式，人又是用什么方式存在于这个世界呢？人的心是无形的，是看不见的，而身体是有形的，是看得见的，但真正决定我们存在的生命是有形的身体，还是无形的心呢？有一天，当人的身体不见了，心就消失了吗？

身与心的关联如何？身体病弱的人意志是否更为消沉？或是相反地，身体孱弱正凸显出人的心、意志本身，是超越身体，甚至单独存在？

想一想身心的关系

马来西亚一位慈济照顾户梁德鸿,一九七二年出生在槟城的一个平凡家庭,一家五口虽然贫苦,但过得幸福快乐。正当十五岁的梁德鸿怀抱着单纯的理想为生命努力时,一个噩梦却悄悄降临了。一天早上,梁德鸿醒来,发觉脚部有点痛,他以为是在学校赛跑时扭伤了脚,就去找中医师推拿,结果愈推愈痛。一年多过去了,他看遍中医和吃偏方都无效之后,于是到医院接受检查。检查的结果,梁德鸿才知道不是脚扭伤,而是罹患了先天遗传性僵硬型脊椎骨炎(Ankylosing Spondylitis)。

梁德鸿这一躺就是十年。在漫长的岁月里,他的病情不但没有好转,反而更加恶化。他出现耳鸣现象,时而听见时而听不见;视线也受到牵连,一接触强光,双眼就会流出血水。而他的背部也因长久躺卧,长了褥疮,必须长期敷药。尽管病痛缠身,但是梁德鸿却没有对人生失去信心,他仍然开朗乐观地面对人生。他很孝顺,面对着流泪伤心的父母亲,梁德鸿会安慰他们说,正因为他生病,所以他就没有机会学坏,没有机会到外面乱跑,惹是生非。其实梁德鸿在床上阅读各种书籍，让他满腹经纶，出口就是文章。他透过《慈济月刊》了解慈济，并进而和慈济人结下很深的缘。他的身体一天天变坏，但是心中及口中却充满了感恩与笑容。

我们一直以为疾病会侵蚀身体，同时会削弱一个人的意志及生存的信心，诚如德国大文豪歌德在《少年维特之烦恼》里面所说，疾病会吞噬一个人的身体，不也同时削弱一个人的意志吗？但心和身真是如此紧密相连的吗？

心和身当然不可切割，但它们未必相互辉映，未必同时败坏，也未必一同隐灭。有些人体魄魁梧但心却很脆弱，拿破仑身材短小但意志昂扬；有些人相貌美好但心地未必良善。可见，身和心虽然相连，但不会同一。

在花莲慈济医院，曾经有一位癌症病患绰号叫阿昌班长。早年的阿昌打架闹事，浪荡江湖，但是到了慈济医院接受癌症化疗无效，在心莲病房（安宁病房）期间，他却加入做志工的行列。每天帮忙送病历，陪其他的病患聊天，安慰那些病苦的老人。他的心转化了，虽然他的癌细胞一天一天地吞噬他的身体，消磨他的体力，但是他的心灵却比以前更纯净快乐。他的岁月一天一天地消失，而他内心的平静和喜悦却与日俱增。身和心真的是否相连？

西方哲学家柏拉图曾将心与肉体分离，认为心灵是高贵的，肉体是邪恶的，容易堕落。心物二元论是柏拉图的创见，影响西方思维甚深。事实上，连基督教都轻视肉体，认为属灵的必不属肉体，那肉体会损坏，而灵不会损坏。从阿昌班长及梁德鸿的经验看来，的确如此。身体虽然残疾破败，但心却无比地清明昂扬。身与心是不互相连动的，甚至身体表相的美丽和健壮，更容易使人沉沦败坏。那么，身与心的关系必然是对立的吗？

除去身，有没有一个永恒的心存在？

心的力量远大于身体

这个问题依基督教的说法，认为属上帝的灵是永恒的，但是佛教的观点却认为有形的身是因缘生，而且连心也都是因缘生、因缘灭，只不过心识不随身体的灭寂而消逝，心识会随时空流转，随着业力继续生灭流变。

心识愈是执著于有形的身及物，心愈是想贪著，就积累更多的业，也就更难清明超脱和喜悦；佛教思想更进一步说明，心识的业力造就我们身体的形态，也决定着我们的命运，但是心识在当下的一个转变，就可能转变我们积累的业力，转变我们的向度，使之清明向上。如阿昌班长的转变。

证严上人曾说，我们不要称呼肢体有缺陷的人叫"残障"，因为残者未必是障，应该说是"残疾"；而如梁德鸿这样残疾之人，生命其实没有障碍，或者说他们生命的灵命选择了这样的躯体来作为一种心的试炼，这试炼使他们的灵命锻炼得更勇敢、纯净和超越。在灵命的世界里，他们都是胜利的典范。

残疾画家谢坤山又何尝不是一个活见证。谢坤山在一场意外中失去双手和一只眼睛，但却能克服万难，以无比坚毅的精神成为一个口足画家，连日常生活，他也都能以创造性的方式自理。最重要的是他非常乐观，他不只没有从人群退却，跌回生命的黑暗里，反而积极地把他生命的热情及韧性，传递给无数生活在绝望边缘的人。如果他不曾残疾，他今天或许还是一个泥水工人，而不会是一位画出惊天动地、让生命璀璨的画家，他不会是诙谐幽默，对生命满腹热情及憧憬的人生创作者。

中国大陆的残疾老师马文仲又何尝不是如此。马文仲深受重疾所苦,他从十五岁之后,身体逐渐地僵硬,直到无法动弹。除了他的眼睛及头部能勉强出现动作,他几乎是一个必须等待生命终结的人。但是他逐渐僵冷的躯体,却无法浇熄心中热切的生命火焰。他想办学,他要让孩子们受教育。在贫困的马野庄,他感动了父亲及周遭的人,兴学的愿望终于实现了。村子里的孩子终能因为他不放弃的热切意志,享受到教育,这里也将变成他们一生的学堂。马文仲身体残疾,意志却无比地昂扬,他用爱及纯净的心为自己及无数学子的生命,开创出一片灿烂的境地。

梁德鸿、谢坤山、马文仲等人的生命,对许多人来说是一种示现及教导。他们告诉世人,心的力量远远大过有限的身体,但是世人的心是如何深深地陷在躯体的欲望里,迷失在短暂的、终必衰败的、如幻梦般的身体中。

发愿会带来不一样的结果

身是心的造具,但不是它的枷锁。

证严上人的身体几十年来都很孱弱,他的心脏不好,他的免疫系统不佳。但他说,他不求身体健康,只求精神敏睿。一个人有愿,特别是发愿为众生、为群体,他就和更巨大的能量相联结。人的心本来就有无限的潜能,只是我们用小小的自我欲求将它长期禁锢着。当一个人发愿为他人,发愿为一项更有价值的事物而努力,他就会摆脱自我的身体限制,将心识能量不断地提高,甚至认识到心是永恒存在的这个事实。一如证严上人一再强调慧命之永恒。

那永恒的慧命如何存在呢?如同我们先前所说,玻璃杯的玻璃破了,能装水的空毁弃了吗?当衣服的布料毁损了,能让我们穿上的那个空间就不存在了吗?如果身体和心不必然是一体的,不必然是互为连动的,更不是一同生一同灭的,我们或许可以相信,即使当肉体灭亡,那昂扬清明的心还是存在于时空中的某个界面,继续寻求一个适合的契机,承继他未完的执著所衍生的业力,或者在几经洗练澄澈之后,持续他永不止息的愿力。

那承载水的,是那个空间,而不是那玻璃体?"有无相生"、"故有之以为利,无之以为用",老子的话为身与心、心与物的关联性做了最恰当的注解。盛装水需要空间和玻璃体,而当玻璃体破灭的时候,那能承载的空间依然存在虚空之中,永续不灭。

从白袍到牛仔裤

> 为什么医生要穿白袍?为什么英国法官要戴假发?为什么会计师经常穿套装而非牛仔裤?

慈济大学在一九九四年创办的时候,邀请许多岛内外教育菁英研商办学的方法及理念,其中有一项观念,让多数学者、教育专家都无法真正接受,那就是证严上人坚持慈济大学的师生都必须要穿制服。

为什么穿制服?当今社会谁自认没穿制服?

约莫在五〇年代长大的人都经历过西瓜皮、穿卡其制服的经验。很多比较叛逆的年轻人恨制服,认为制服是制约、是控制,但有趣的是,当他们长大以后,穿衣服、做头发,也无不都是在赶流行,从杂志及电视上看别人怎么穿、怎么做头发,这样的赶流行算不算制约,算不算一种商业所创造的控制?

服装,对一个人来说,是一件大事;服装,对一个时代而言,也同样是一项重要的表征。自古以来,服装就是族群认同和社会阶层化的化身，没有任何一个族群的衣服不代表着该社会阶级的分化，透露该族群的文明及价值观。

为什么伊斯兰妇女必须用黑衣服遮住脸庞？为什么西方人认为伊斯兰妇女的黑衣，是反现代化和宗教禁锢的象征？而同样地，西方社会正式的晚宴或晚会，男男女女多半穿着黑色晚礼服，为什么之于西方社会代表高贵和专业的黑色，放在回教世界的妇女身上，就成为落后及反现代化的象征？由此看来，服装的意义其实反映了一个族群特有的偏见，并且我们不自主地以这种偏见去评断他人。

流行服饰也是一种制服

法国政府在二〇〇四年七月，立法禁止公立学校学生穿戴任何具有宗教意涵的图腾或衣服，原因不外乎去除宗教的任何歧视及壁垒；但去除宗教的头巾、十字架或佛像等，宗教的分野及禁锢固然从表面消失，然而生活中语言和符号所表达的宗教的同一就能完全灭绝吗？去除图腾化之后的法国公立学校，其实取而代之的是世俗主义的价值观。

在世俗主义的市场消费体制底下，每一个人穿戴的物品都是经由商业市场制造、销售而购得,这种由大众消费市场所购得的衣物、佩带的饰品,似乎去除了宗教的钳制、束缚及分别。但是在这一切宗教符码消失之后,取代的是商品的广告,而难道透过商品广告所购买、穿戴的就称之为善吗?这种任由广告商业市场机制支配的穿戴,就是去除宗教分别钳制的最终结果吗?如果宗教的分别及钳制是先验的恶,那广告商品价格机制所创造的物化及消费的阶层化,难道就是法国的世俗主义期望的目标吗?比起资本主义,宗教对人所可能产生的钳制及负面影响会更令人担忧吗?如果十字架及头巾是一种分化,是人与人隔离的一项壁垒,那么对于名牌的追求及消费,因而造成的贫富差距及阶级的分化,难道就无须被重视及限制吗?

不管是犹太教的五角星、伊斯兰教的头巾、基督教的十字架、佛教的念珠等宗教符号,还是资本主义的消费流行趋向,就文化本质而言,是没有太大区别的。一个广告明星拿一只新型手机,第二天立刻有数十万人去买这一款的手机,可见资本主义的洗脑究竟比起宗教的传播要更为彻底有效,更不会被批判或造成抗拒。资本主义纵横人类两个世纪,它是我们这个世纪最大的宗教,它具有最深远的图腾及符号，它运用最广泛的传播及行销工具，它无所不在地把每一个人都涵盖、包裹在它"自由选择"的幻想之中。

想一想我们一生在穿着上能有多少选择？当男士的西装流行三排扣，传统的双排扣就立刻从橱窗里下架，立刻从家庭的衣柜里消失。当妇女流行低腰牛仔裤，所有高腰传统的牛仔裤立刻乏人问津。同一、同化，在资本主义里最彻底、最直接，它所戴的面具最无形，让人们误以为这一切都是自由选择。不管你同不同意，在商品广告市场下，我们都穿着资本主义商业机制设计的制服。这制服一阵子换一次，让我们误以为我们一直在变化、在选择。同一时间，同一个办公室，你可以观察到我们穿得有多相似，黑色套装永远是婚礼的最爱，白色礼服永远是新娘子的最佳选择，你能相信吗？一生中最重大的日子，我们仍然像在穿制服一样，选择成千上万人穿过的白纱礼服。为什么？因为广告及符号不断教导我们白纱礼服是最美、最漂亮、最圣洁的新娘礼服。

同一、同化，根本就无所不在。

即使在资本主义一直强调的自由市场和自由选择的今天，同化及同一的力量比起以往更为根本，也更为巨大，因为商业就是大量生产及制造。在同化的同时，阶级化也相应而生，但是我们不会谴责它，不会如同许多社会谴责宗教里同一的穿戴、图腾及符号一样。资本主义无远弗届的教育及传播体系，深入每一个人的心中，我们用它的标准来判定人的行为，忘却它是我们最需要仔细判定的对象。

人们渴望追求同一

资本主义商品同化的力量之所以能存在，并不是它拥有最佳的商业及传播体系，它存在最根本的道理，是因为人们一直拥有着追求同一的心。没有人愿意看起来古怪，没有人愿意看来落后于时代或不符合时代的价值观，每一个追求时髦的人，其实不是标新立异，而是害怕落后孤单，其背后所企盼的，就是得到社会的肯定及称誉。这种企盼就是企求认同他人，也企求被他人认同，企求整体社会的理解和接受，因为同一性是人性中最深沉的一项渴望。

医生为什么穿白袍？律师为什么穿黑袍？英国的法官为什么必须戴假发？为什么电视女主播都必须剪短发，男主播一定要穿着西装，而不是T恤？为什么会计师必须被要求穿着套装而非牛仔裤？这些评断是非，论断真理，决定别人生死的人，在穿着上似乎都依循着同一性的原则。这同一性背后其实是荣誉，是一种信念的统一及价值的沟通，没有这种信念的统一或价值的确立，专业的荣誉及信条是无从产生的。

对于中东研究十分彻底的伊斯兰教大师柏纳·路易斯，描述中东国家的衣服变迁时，就曾说，衣服是一个时代的共同表征，它用来判定个人出身所属，并作为我们和他们的分辨标准。路易斯也观察到，在一连串中东伊斯兰教世界和西方的战争挫败中，伊斯兰教世界开始学习西方军事的穿着，期望藉由模仿敌人的穿着而进一步强盛自己。这项衣服的选择和军事武器的采购，不同的是，衣服的样式改变和军事力量的扩展无关，它的选择是非常社会性及心理考量的。这告诉我们的是，衣服其实是一种荣誉及信念的获得，我们或多或少总是追寻着同一性的价值在穿着、在佩带饰物。

没有任何人是不被这种同一性的外在穿扮所左右、所支配。我们并不能完全自由地选择一切，一切的选择都是社会性的，都是要在被群体的共同价值肯定之后才变成可能。即使标榜轻松、休闲、自由的年轻人，牛仔裤几乎成为全世界年轻人共同的制服，不管在美洲、欧洲、中东、中国或是深山偏远的原住民部落，皆是如此。

你的价值选择

重点不在于自由，而在于选择，在于选择什么。

在社会文化中，没有任何人是真正自由的，我们都是不断地在被形塑、被规范。我们都是穿这个环境里要我们穿的衣服，不管是牛仔裤、西装、套裙、露肩低腰或是长裙摆动，这些都是被教育、被影响的结果。直言之，这是人存在的一项必然。唯一的思考是你选择何种价值观，选择何种衣服、摆饰符合你的信念及群体的共同价值。法国想去除一切同一性的宗教衣服及饰品的努力，只不过把法国纳入单一的世俗主义框架中，其实它是扼杀了选择，扼杀了人们选择自己支持某一种信念的可能性及自由。

问题不在同一性的穿着或佩带，重点在于选择的过程中，参与者是否透彻坚信它背后蕴含的理念。现代人不希望教会告诉他穿着什么，但是一则广告却使他心悦诚服地去购买那些资本家要他购买的物品及衣物。资本主义是同一性最大的胜利者。我们绝少去争论、去厘清商品广告背后的动机、信念或价值,我们倒是很在意宗教及社团对人们的信念传达及各种道德劝说。

如果法国政府也同样限制资本主义的商品广告,避免消费主义的物质化及阶级化习染孩童,这个重要性并不会亚于法国政府害怕宗教间的壁垒所造成的伤害。物质化及消费主义造成的社会不平等及贫富差距深化,难道不值得规范或重视吗?而在规范佩带宗教图腾的同时,其所造成的对于价值选择的抑制,是更值得深思的警讯。

价值的选择人人都有,社会应该提供一个空间让人们去思索及判定。强加的同一性未必是最好的一项措施,不管这强加的同一性其背后的动机及信念有多美好。

从这个角度来看,佩带宗教饰品和年轻人从看广告买了牛仔裤,其实都是一种同一性的选择。选择认同及支持某一种文化及价值,在它们各自的体系中都称为美,都称为善。

穿制服并没有先验的恶,它是一种信念及价值的呈现和支持,它是人类社会诸多同一性中的一种。不管宗教的长袍、主播的西装、律师的黑袍、基督教的十字架、穆斯林的黑色面纱及白色头巾、学生的牛仔裤，这些都是人类同一性的一种展现。它展现不同的人所支持、亟欲彰显的信念及荣耀，这当中没有对错，无须掩饰或废除。

认同是关键

当一个团体希望它的成员认同它的理念，并进而以外表的服饰表现这一分认同的时候，最大的关键在于心里的喜悦，即信服。愈是靠近内在信念出发的，愈是不经由强制的，愈显得善和美。很多人常以穿某一种品牌衣服为美，因为他认同这衣服背后的阶级或美感。

认同才是关键所在；要求的开始，其实是信服和沟通的结束。理解及认同，引导人们心悦诚服地选择一项他们认为美善的衣服。由此观之，制服何尝不能被人们视为最美、最善的一项表征。

当水滴回到大海

> 人们究竟喜欢追求独立的自我,还是企望放弃自我?

人究竟喜欢追求独立的自我,还是企望放弃自我?独立自主,是否意味着必须和群体分离?

其实,没有事物能独立存在,没有一样生命可以不依存于其他更巨大的力量,而发挥他的作用。那长得饱满的果子,不正是挂在繁茂的树上吗?那巍峨独立的巨木,不也正是根植于大地之上吗?

万物,本来相存相依,本来就不曾分离。

我曾经是一个个人主义,也是自由主义的信奉者,相信孤独的力量,相信人独立自主的必要性。当然并不是说我现在就不相信独立自主,而是我发觉了通向自我的路径是群体,迈向自主及独立的要件,是向更巨大的能量顺服。

曾经有一年,我在慈济承担许多具争议性的医疗纠纷和其他十分费心力的工作,我觉得疲惫了。如果在过去,我总是会在家里一个人孤独地等待体力恢复,并静待心灵的平静和涤清。然而进了慈济世界之后，那一次我有一个全然不同的感受，我尝试了另外一种完全不同的方式，恢复自我的能量。

我记得那是过年的时候，一连四天，我都待在静思精舍里。过年期间，精舍特别忙，全世界各地的慈济人都回来了，精舍上上下下非常热闹。我从早晨七点钟开始，准备主持"慈济新闻深度报导"，节目结束以后，我就立刻融入拥挤的造访精舍的宾客群中，沉浸于欢乐的交谈氛围里。那是一种奇妙的快意。

特别是聆听上人和慈济弟子的闲谈互动。新年时间大家话家常，抽静思语，看到底抽到的法语，有没有切中自己内心的盲点。每一个人抽静思语的经验都说准得不得了，都说刚好命中自己眼前的苦恼，或是抽到当下最需要的一句箴言。例如一位从事律师工作的师兄，平常投入志业的心力还值得期待，结果他就抽到一句"能干不干，不如苦干实干"，结果引得大家哄堂大笑。

时间从欢笑及甜蜜愉悦的喧扰之中溜过去，而我数月积累的焦虑及疲惫，包括心灵的和身体的，不知不觉中都随之逐渐远离。四天下来，我觉得我又生龙活虎，恢复生

机，充满信心及活力。因此我得到的印证是，当一个人困惑疲惫时，不应该孤独地走向自己，而是应回到群体里。群体自有一股疗伤的能力，群体自有一股平复困惑的能量，如同一滴即将干涸的水滴，因为回到大海而重拾自己。

但是一般人总是相信自己，总是觉得回复自己的方法就是暂时与世隔离。英文常说"leave me alone"，就是离我远一点，我需要独处。似乎认为独处才能够让一个被现实及困难打碎的自己恢复生气。其实《圣经》曾说："要顺服上帝，不要凭恃自己的聪明。"顺服上帝，以我的理解就是顺服一个更巨大的善之能量，是荣格所讲的回到集体潜意识。那个集体潜意识深藏在每一个人心灵之中，如同大树的根深植在泥土里，如同葡萄连接在繁复的枝藤间一般。那是生存的基本锁链，是一个能成就一切存在物的根本力量，是个人之所以成为个人的能量来源，是证严上人所说的，"一滴水融入闪亮大海"的生命寻得及回归。

个体与群体的分合关系

然而，文明的许多发展却把我们推出那个巨大的集体能量。现代文明教导我们——"人"的根本是自己，是自我；但自我竟是孤寂的起点。《圣经》所言，当亚当、夏娃吃了禁果，开始认识自己之后，他们分别了你、我，分别自己和他人，和自然万物是不相同的；这种认识竟是自我孤寂的开始，也是原罪的肇因。

在历史的进程中，我们不断地背道而驰，将自己与一切整体的能量分离。当人类发明文字，我们就与万物的实体分离；当我们发展了科学，我们就脱离了使人们浑然一体的宗教；当我们发展工业，我们就脱离了家庭；当我们发明了电视，我们就脱离了学校；当我们摆脱了贫穷，我们也脱离了一切权威所加诸的束缚。没听过金钱使人自由吗？金钱毕竟没有使多少人的内心真正获得自由。终于，聪明的人类逐渐找到一个属于个人的独立价值观，独特的专长和特立的人格。但就在个人化逐渐成形之际，人们却发现最后他必须孑然一身地面对一个充满孤独、茫然又危险不安的世界。

消弭了神，人在宇宙中找不到边际；消弭了轮回，人在生死中找不到意义。一切以自我为本的结果，让人孤零零地身处寂寥的穹苍，而不知何处是归宿。那正是美国作家房龙的感慨："我从何处来？又往何处去？此生非我祈，必死非我愿。"

当绝对的孤独来临，人们就采取各种的方式逃避自我。一个歌手告诉我，当他一个人烦躁时，就会跑到喧嚣的街头，在扰攘的车声中，他的心就会安静下来。显然他很孤独，并且亟欲逃离孤独。在人群中他才能平静，才能稳妥。不只这一位歌手，穿着时髦吊带的专业经理人，染着红发的翩翩少女，穿套装的上班女郎，为什么在那么忙碌疲惫的工作之后，还要钻进拥挤喧闹的pub？为的就是消弭自己。白日的竞争所造成的自我的压抑和紧绷，在夜里离开工作场域，让自己融进一个无名陌生的环境，沉醉其中，自我躲起来不见了，这才觉得快乐。在觥筹交错的氛围中自我消融了，企盼嘈杂歌舞的喧嚣，吞没白昼那防御禁闭的自我。

一个年轻少女不管多么标新立异，不管多么不受管束，总在大半夜排队去等候一场喧腾的演唱会。这些极度追逐自我的青年，与其说是企盼藉由演唱会消磨他们过剩的青春和热情，不如说是渴望消融在一片迷眩昏乱的集体氛围之中。音乐使他们再度与群体相逢，偶像崇拜划破了个体的独立，把迷醉的少女像原本五光十色散落一地的珠子，成串地相连在一起。那一刻，独立的自我在哪里？

不止于此，在强调个人主义的当代，人们用尽各种方式逃离自我，渴望在无止境的情欲追逐中，透过彼此身心的水乳交融放弃自我，企欲在酒的迷醉中抛掉自我，沉湎在吸毒的狂乱颠倒中脱离自我，甚或埋首在工作的匆忙中忘记自我。

即使中规中矩的你会说：我没有藉由这些放纵物来逃避自我！但是当你翻开报纸，打开电视，你就开始和群体社会相联结。当你拿起信用卡因着电视广告所推介的商品而进行消费时，你就不再是一个特立的自我及个体。一切都在群体约制中形塑着"我",没有人能以一个孤独的个体存在这个世界上。

回归圆满的觉性

吊诡的是,人们用尽各种方式在逃避自我和孤离的窘境,一方面却又极力宣称拥有自我及独立个体;而在追逐自我个体发展失败之后,当代人们尝试着用一种散乱的、无秩序的、琐絮的集体氛围,取代过去秩序井然、价值缜密、群我和谐的团体模式。

在工业革命及理性主义发展之前,人类还是属于群体社会的。而西方中世纪人士是属于教会及家庭的。在十八世纪以前的中国,个人很难想象离开宗族的自己到底是谁。即使李白这种浪荡不羁的才子也要说:"与君歌一曲,请君为我倾耳听。"酒不是一个人独饮的,是和朋友、诗及大自然相通连的。所以李白最后才会说,"与尔同消万古愁",这么愁,还是和朋友一起消愁。李白再愁也要和朋友一起消愁,因为那时候人不是被自己视为个体,个体和群体是不可切割的。

《旧约圣经》说,"父亲吃了酸葡萄,连儿子的牙齿也酸坏了。"父亲的行为会连带影响孩子,换句话说,个体不存在,个人属于家庭。而在中世纪的西方人很难想象一个没有上帝的世界,以及一个没有教会的社会是什么模样。且听犹太教的拉比(Rabbi,教师)所说:"把邻居当作自己来爱他们,因为所有的灵魂都是一体的。每一个人都是原初灵魂的一个火花,而且所有的灵魂天生就具足这个灵魂。"

在东方,两千四百年前,印度太子悉达多有一天在菩提树下,在繁星点缀的星空中,彻悟了宇宙的究竟之法。佛陀觉悟到,万物原本都是一体的,一切都在不可思议的因缘中分离着,同时又契合着。

东西方的古老智慧不断告诉我们,个体和群体不可分割及相互依存之道。心理学家荣格也说,每一个人如果要获得生命的完整,或要取得更巨大的能量,就得让心识通向集体潜意识。

当一个慈济的医师在台上和志工、护理同仁,甚或病患一起比手语,和着美丽的乐章表演出生命的感动,我们知道他是重回到群体怀抱里,那是个体融进大我之美。当一群慈济人在灾区或环保场一起虔诚祈祷,我们说他是沉浸在大我的愉悦及虔静中。当慈济人穿着整齐的制服,出国赈灾,亲手肤慰感恩户,同体他的悲,理解他的苦,我们说他是回归到一个大爱的能量磁场里。而那个大爱原本就在他的心里。那是一种无私的给予,一种空,正如每一个珠子里的那个空,能让线穿过,能将大家都串在一起,编织成一个爱的广阔的网,环绕宇宙一切有情众生。

那个无私又妙有的"空",即太初的灵魂,即人人心中的大爱,即菩提,即是将人人都相通连的那一分佛性,即是让一个迷失在自我追求的水滴,重回大海的那一分圆满的觉性和永恒的甘美。

自我像是一个空瓶子

> 什么时候才是人生的最后峰顶?一个人一生努力追求之后的结局又是什么?

当代著名的心理学家马斯洛,针对人一生的追求提出一个理论。马斯洛认为人都是先从生理需求开始,生理需求包含蔽寒的衣服、温饱的美食。生理需求满足了,会进一步产生心理需求;心理需求就是需要爱、人际关系和谐、家庭温暖等。人类需求的第三个阶段,就是自我的实现、有意义有价值的生活方式和可以完全投入的行业。最后一个层次是社会实现,即在成就自我之后,可望获得社会肯定,希望在对群体的付出当中,得到社会的认可与超越自我的崇高价值体现。

马斯洛的理论,很符合当代社会所有专业人士及富裕阶层的生涯轴线。一个来自小康家庭的人,从襁褓出生接受关爱,到成长衣食无缺之后接受教育,在家庭及同侪中得到爱和被接纳的稳妥感;在学业有成以后,往既定的专业化方向不断奋斗。从年薪几十万、上百万到千万，从专业人士到独当一面的管理者或企业家，一路在曲折艰辛的过程中不断挑战自我的弱点。面对里里外外的劲敌，因应着不可捉摸的大社会瞬息万变所带来的冲击，或者接受导致那些失败者所认定的宿命；对于他们来说，辛苦的仗打完了。他们所经历的过程，一如尼采《查拉图斯特拉如是说》一书中那位圣者，一生辛苦奋斗登上了峰顶，向天空仰望太阳，但太阳依然在那个深不可测的远方。现代人无止境的追寻，就像查拉图斯特拉一样永远带着登上山顶之后的那种怅然孤独的感觉。明智的人知道要学习查拉图斯特拉，必须走下山，必须走向群众，拥抱人群。而对那个过度拥抱自我的人，依然处在高处不胜寒的峰顶，当阳光照耀山头，他自豪着凌驾一切的芸芸众生，直到夜里的星斗，泄露他心里最深沉的孤寂。

这是每一个现代个人主义成功下的光明面及黑暗面。每一个被投以羡慕眼光的领导者，背后不为人知的幽暗的一面，除非他学习查拉图斯特拉真正走向社会实现，付出能量给其他困苦的人们。目前世界的首富微软负责人比尔·盖茨，在成功以后不断地付出大笔资金帮助艾滋病患与濒临饥饿的人,他是马斯洛理论现代典型的代表。这是马斯洛金字塔型的人生,在抵达峰顶之后的回馈与反省。

姑且不论比尔·盖茨有没有觉得自己已经到达峰顶,马斯洛所留下的一个问题是,对绝大多数的人而言,问题不是到达峰顶之后回到人群,而是什么时候才是他们人生的峰顶。

向外追求的心,永远是不足的

现代人把比尔·盖茨这样的企业家当作是人格典范,这固然是一项令人渴慕的生命之旅,但问题是,人生本来就不平等,没有几个人真正登上艾佛勒斯峰,也没有几个人能够像比尔·盖茨一样在企业界如此出类拔萃。对于广大的上班族、专业人士或小企业家而言,何处是他们的峰顶?哪个峰顶才是最后的?追求峰顶的心,永远是不足的。不管是企业也好,学业也好,地位也好,金钱也好,知名度也好,人们的渴望永远是无止境的。如果人人都是要到了峰顶才达到真正自我实现,那么这个社会百分之九十九的人都不认为自己已经到达峰顶,那么他们的生命价值又该如何看待？

四十多年前，证严上人还是一介贫穷的出家人的时候，他就开始做慈善志业。那时他住在花莲秀林乡的山脚下，一间叫普明寺的小寺庙旁的简陋小屋里，吃住都十分困难，有时候还得向普明寺的庙公借油借米，除了经常三餐不继，还要存下钱来救济贫穷的人。那时候他是穷人救穷人，证严上人没有等到富有再去为社会付出，他似乎没有等到自我实现才去做社会实现。

透过能给去除匮乏

在现代社会中，每一个人都在追求自我的完成，但其实自我完成已经变成一连串的物质、名位、权力的追逐，而一切的追逐都寓示着一种不足。我要汽车，因为我缺汽车。我要一个文凭，因为我缺文凭。有了一亿，还要百亿。不管要多少，不管有没有要到，缺乏的心永远都填不满，所以人永远在追求的同时失落。因为那个处在"缺"和"不足"中的心永远是苦的。因此很多人已经很富有了，却永远都嫌钱不足。很多贵妇虽然衣服已经多得摆不下柜子了，但她永远觉得自己少一件衣服。因为心只要是往"求"的方向走,就永远"缺",这就是一味追求自我的必然结果。所以证严上人教导世人把追求的、想获得的心倒过来成为舍的心。能舍的心和你拥有多少物质无关。

在佛陀时代有一位给孤独长者,听闻佛陀说法内心十分欢喜,他决定捐一块最美的地给佛陀作为说法之用。他选上附近一片优美的树林,自认是佛陀最理想的说法之处,可惜这片树林属于一位富有的年轻人。给孤独长者便向这位年轻人商量购买这片树林,但是年轻人刁难他,他向给孤独长者说,只要你能用黄金铺满这块地,我就卖给你。给孤独长者既然已发下宏愿,于是就立刻找来黄金工匠,真的将黄金铺满整片树林,最后给孤独长者购得这一块优美之地,捐给佛陀说法教化众生。

在讲经地点的一角,一位贫穷的老妇聆听着佛陀的教法,佛陀说明布施是一切功德的始点。贫婆聆听佛陀的教义,虽然心生欢喜感动,但是她心想,贫穷如她怎能布施?佛陀说法完毕,走过群众,来到这位贫婆身边。贫婆带着怯懦又欣喜的神情,恭敬礼拜佛陀。她轻声地询问佛陀,贫穷如她,三餐不继,身上只有勉强蔽体的破衣,如何能布施？佛陀慈悲地轻轻抬起贫婆的手告诉她，即使是你身上仅有这小小一块布，也一样可以布施，其功德仍是无上庄严的。贫婆心生欢喜，立刻就撕下她身上的一片布，布施给佛陀。佛陀就将这一块布永久地缝在身上，并告诉所有的弟子，贫婆布施这一小块破布的功德和所有大富之人的布施之心是完全相同的、无分别的。从此以后，所有出家人的袈裟上都有一块象征性的贴布，象征佛陀开示众人，贫穷或富有端赖于一念心。心的富足，无论是贫婆或给孤独长者都是没有差别的，再穷困的贫婆也能够舍一块布给佛陀。

能给的心，就是富足。透过能给的心来去除永远匮乏的心，透过成就别人的过程，得到自我内心的宁静和快乐，那才是自我实现。英国哲学家培根就说："许多人一生成就辉煌，但到死的那一刻却还不知道自己是谁。"拥有世界却失去自己，这不算是自我实现。

让瓶子再次真空

自我像是一个瓶子，也像是一个杯子。贪恋执著于杯中物品的人，不知道真正能装载东西的，是那个能给的空。能装的是杯子的那个空，正如我们的心无形无色，能承载一切，妙用无穷。但是一旦我们执著于心拥有的有形物质，我们的心就像是装满物品的杯子，再也装载不下去，只会惧怕失去杯中的物品。其实，能装的心、能给予的心才是无穷的。证严上人诠释真空妙有的具体意涵，就是无私的付出。用空的杯子不断地装载水去帮助渴望的众生，付出之后要无所求，杯子才会再次真空。有所求的心就像是水倒出去了，却又装进了欲念的实体，杯子就无法再次真空装载更多的水去救度他人。因此无所求的付出就是真空妙有。人的心应是如此，才会获得永恒的快乐。

在慈济世界里，企业家不只捐钱更出力，这是全世界的任何慈善团体所罕见的。企业家之所以愿意捐了钱还来做志工，在九二一希望工程盖房子、铺连锁砖、种树、铺草皮等，就是感受到无所求付出的富足。那是一种内心真正的富足。慈济的发源是一群家庭主妇，她们当中很多人是幸福快乐的，在此之前，她们的付出只是顾着一个家。而有些是婚姻不幸的女人，在进入慈济世界之后，她们因着付出，因着无所求之心，每一个人的家庭逐渐走出困境，自己

也变成一个重要的意见领袖,领导数百甚至数千人在各地访贫,散播爱的种子。她们生命的风华不在家庭幸福中完满,更不会因为不幸的婚姻而黯淡,她们都在为人群付出、在为社会奉献中实现了自我。

我们从小就被教导要追寻自我,认真读书,填好志愿,考上理想的大学,一路读到博士,学而优则政,或弃学从商,或从商场得意后从政,无论如何飞黄腾达是人人所企求的。但飞黄腾达是无止境的,拥有更多,忧惧愈多,如果自我完成是奠基于拥有多少事业的版图,享有多高的知名度,赚取多少的金钱,获致多大的权力及影响力,那一生努力追求之后的结局又是如何呢？最终的结局仍是无可避免地走入幻灭寂静的黄土之中。亚历山大帝一生丰功伟业，无人能及，他在英年之际死于异乡；死前他要部属将他的双手放在棺木外面，好让世人知道他是空手而来，也空手而去。一切终归灭寂，为自己求的没有一样能永续，但是能付出的人却让生命在不同的时空及人们身上延续，那是无穷尽的力量延续，是真空妙有的展现，是人们自我实现更高的境界。

欲望的心，执著于自我拥有物的心，是短暂的、是会毁坏的、是苦的，也是局限的。一个真正追求自我的人必定是利他的。利他的心愈强，影响的时间及空间的范围就愈广，中国古话说："计利当计天下利，求名当求万世名。"禅宗的慧能大师讲得更彻底："世界虚空，能涵万物色相……世人性空，亦复如是。"空的心、无所求的心、利他的心，才能使人真正成其大。人的性情典范如同证严上人所言，必须是"心包太虚，量周沙界"。心要像太虚之宽广，但付出的着眼点必须遍及每一粒沙，这是人格完成最极致的境界。付出遍及每一粒沙，心量包含一切太虚。无所执著，无所求于己，但也无所不给。

能给予才是永恒的自我体现。从这个角度看,自我实现及社会实现是不可分割的。给予愈多,自我愈宽广,愈无所求,愈没有失去的伤感及恐惧。当有形的一切都灰飞烟灭,一如瓶子的玻璃体破灭,但能承载的那一个能给的"空"依然具足长存。

辑三

单纯的智慧

面子与脸相

> 《天下》杂志曾经调查台湾最美的人,慈济人名列第一名,一个人要如何才能让外表更庄严、更美丽?

脸,是一项人类奇特的杰作。脸代表自己,是我们和世界及他人互动的一个重要媒介。有了脸,内心的情绪才能表现得分外鲜明;有了脸,世界才能够尽收眼底;有了脸,个体在世界上才显现出他独特的意义。

人在活着的时候,为了这张脸费尽心思,我们眼睛看的最多的就是脸;人往生了,我们要留下遗照以作为纪念。对于脸的重视,世界各民族都没有东方人谈得那么多。中国人说颜面尽失,脸上无光,丢脸、失面子、没面子等等。面子哲学支配着在漫长的历史中不断递演的民族。愈是强调群体生活的民族,人与人关系愈是紧密的民族,愈是有面子的问题。

美国人搞不太懂什么是 Losing Face(丢脸),强调个人主义的社群,个人的独特生活方式及隐蔽空间,远比面

子来得重要。虽然如此，"脸"对于一个重视个人独特性的社群依然是重要的。西方的画家爱画自画像，不像中国画家寄情山水，总是把人物缩得小小的，缩到融进天地万物之间去。看来西方人虽然不强调面子哲学，但却把自我看得更重，放得更大，这是群体主义与个体主义的区别所在。重视面子的人反而比较不重视自己的独特性及重要性，不重视面子的人反而更看重自己，这是何等地吊诡！

面相反映心灵

但其实面子是社会学的意义，未必是指生理上的脸。

重视面子的东方人未必更强调脸的重要独特性。孔子说不以貌取人，多少透露着面子和脸是不同的意涵及指涉。相传孔子的大弟子颜回，就是一个丑陋不堪的人，但德行却十分地崇高。究竟脸是否意味着一个人的心灵实境？其实务实的东方人对脸的看法不是重视美丑，更是心灵的指涉，俗话说"相由心生"即是一例。这个"相"未必指五官端正，而是面貌带给人的整体感受，那是相由心生。林肯也说，四十岁以后的人要对自己的脸孔负责，就是说明相由心灵而生的理念。

在东方的文明遗产中，面相是一项心灵高尚的修行及累世的福报。佛陀有三十二庄严好相，乃是他累世修行的一项成果。他宽大的脸颊，温柔的容貌，慈悲的神情，深刻的悲悯，尽展现在他无与伦比的神圣容颜。他的好相让许多人见着他就心生欢喜。容貌脸相，是反映心灵的境界，是透露个人内在灵魂的视窗。

西方的社会心理学家做过许多研究，证实在俗世中，相貌较好的人比较容易获得工作，法庭上也比较容易获得陪审团的同情及喜爱。但相貌好却未必保证成功。古人说："以貌取人，失之子羽。"相貌好固然带给别人美好的感受，但如果没有高尚的心灵及性格作为基础,外观给人的喜好是不会长久的。相是由心生,但相好未必导引出善良的心。相反地,过度沉醉于外观之美正是心灵堕落的缘由。

证严上人一次开示大众时,提到佛陀有一世示现一位容貌庄严美丽的出家人。这位出家人一次经过一个村庄,被当地一位士绅邀请到家中说法。士绅有一位女儿长得十分美丽,她看到这位出家人的相好庄严,就起了爱慕之心。她尽一切的能力要这位出家人喜欢上她,但出家人不为所动。出家人问这位女子,你究竟喜欢我哪里呢?女子说都喜欢,尤其是你那双像海洋一样的美丽眼睛。出家人就把他的眼睛取下,放在手上要给这位女子。这位女子当下极为惊恐:"他怎么会有这样的举动呢?我不是要这样。"她几近崩溃地流着泪水。这时候,出家人温和及慈悲地告诉这位女子,你还爱慕我吗?这双你刚才看到的像海一样的眼睛,如今你还觉得美丽吗?

世间一切的美好及存在都是虚幻无常的,爱慕一切虚幻无常之物终究是短暂的、是会寂灭毁坏的。这个故事说明佛陀教义要我们超越一切有色、有形的无常之表相。真正能把握的,是看待事物的心。"相",只是一种示现,是心的示现，众生执著于相，但佛性却超越"相"，去爱"相"背后的心。

台湾最美的人

二〇〇五年四月，花莲慈济医院的医疗团队为从印尼来的诺文迪小朋友进行两次手术。诺文迪脸上的肿瘤让许多见到的人都十分震惊，但是在他的父母及照顾他的慈济志工眼中，诺文迪是一位美丽的小天使。他们和诺文迪脸贴脸、手牵手，那分温馨表达出他们眼中的诺文迪是美的。用爱的心，看待一切都是美好的。

这正如在大林慈济医院接受治疗的菲律宾小朋友杰博，一出生五官就几乎连在一起，他的容貌在世俗人眼中是令人惊异的。虽然如此，他的妈妈每天抱着他都叫他心肝宝贝，杰博在妈妈眼中是世上最美的小孩。如果有人问杰博哪里美，她会说，你看从这一个侧面角度看杰博，就能知道他有多美。这就是另一层次的相由心生。

用美的心、用爱的心看人，每一张脸都是美的。美丑是相对意义的；相对意义并不只观点不同，而是"心境"决定对某一张脸的评价。

脸，是属于个人的，但有些时候却是集体的。

《天下》杂志曾经调查台湾最美的人，慈济人名列第一名。他们描述的慈济人的脸孔很慈悲，但是每一个人的脸都是模糊的。

为何模糊？因为他们不着重个人，因为他们是群体共同行善。他们无私地付出，不为个人之成就与获得，这是慧命共同体的一种表现。世界一切万物原本就是一体，这是佛陀觉悟的那一刻最深的体会。不以个人为导向是佛陀教义重要的一部分。个人的一切都是短暂须臾，都是会生灭的，但是凡夫想永久地保有它，想要尽其所能地美化它。

尽管我们看到花开花谢，四季更迭。难道我们还盼望外表的美丽永恒不衰？人的脸像亦如自然之更迭，再美丽的脸庞总会老去，总会斑驳、消逝，但是心的运行却是长存不坠的。把握心，比把握脸的美丽来得更恒久。如果认为这种说法抽象，我们可以用行善的角度来譬喻，慈悲的人，他的脸孔总是祥和；心中有爱的人，总令人感到愉悦。心能造就脸，这是一项不变的真理。

佛陀在修行过程中，曾经有六位皇宫里的侍从和他一起修行,也是就近在保护他、照顾他。过程中,佛陀原本苦修不饮不食,终至衰弱濒临死亡。但他觉悟必须身体强健才能继续修行,所以接受牧羊女给他的羊奶补充体力。他的六名随从看见佛陀喝羊奶,认为他已经失去修行的心,纷纷离去。佛陀最后借着羊奶补充体力,意识及身体渐渐复苏之后,终于在菩提树下觉悟。觉悟后的佛陀来到原本和六位侍从修行的木屋。六位侍者见到佛陀的庄严法相,立刻向他顶礼敬拜。那是一个人的修行及觉性所释放出自然的容光。六位侍者见佛陀的此刻,不必问佛陀消失的这些日子做了什么,不用再询问佛陀修行境界彻悟到什么。一种崇高剔透的感觉从心的深处散发出来,是如此令人折服敬叹。

这是心的能量造就出脸的模样,辉映出一个人外表的庄严与风华。

当事情不如预期

> 当事情不如我们预期时,该怎么办,怎样才能达到理想?

一切世间事物都不会如我们所预期,这几乎是真理。不管我们追求什么?梦想什么?想要努力得到什么?结局总不如预期,其得到的,总是和理想中的完美有差距,这乃是生命的常态。

杰克·尼克尔森主演的一部电影《爱你在心口难开》,片名听起来很俗,但情节描绘强迫症的心理可说是淋漓尽致。剧中刻画一位患有强迫症的作家,他把厨房里的一切罐头和物品排得像超级市场一般整齐。他怕脏,所以走路必须跳过水洼或垃圾,他每天在同一家餐厅吃饭,坐同一个位子,点相同的餐,用自己带的餐具刀叉。他不容许变动,他不能够真正地接触真实的生活,使他宛如活在玻璃橱柜里。要不是邻居的一只狗跑到他家,在他家撒尿,他从气愤到逐渐爱上那只狗、照顾那只狗,才使他逐渐脱离

了强制性完美的性格。最后,他在一位对他十分包容的餐厅服务员身上学习体现了爱。爱不惧脏乱;爱,使他脱离那一种追逐假象完美的人生,也治愈了他的强迫症。

其实不能接纳及不容许变动的人,他的内心可能隐含着一种脆弱及恐惧。完美主义者把一切的生活及环境都规划得有条不紊,这种人格发展下去就会呈现出强迫症的倾向。

惧怕变动是不健康的心理,追求一个假象的完美是违反生命的本质,一如蜡封的人是不具生命的。生命的本身就是变动，这正如佛家讲的无常人生。懂得接受无常，并时时明了无常现象背后的原因，生命将获致深刻的宁静。

因为害怕变动，所以我们就开始有了控制情势的心。一旦控制的心升起，会一路滋长，当我们正满意于情况都在自己的掌握中时，变化又降临，情况又再度超乎预期的失控，我们的心又会掉入谷底。对于改变，控制的心不只无用武之地，也是缘木求鱼。我们的心必须贴近改变，接受改变，才能常保一颗澄静的心。

接受变化

在慈济世界常听到一句话："计划赶不上变化。"虽然变化来得突然，虽然变化打破了你原本的规划及期待，但是你如果能立刻接受变化，并且还极力地美化一切的过程及结果，那生命对于你来说，就是时时充满了创造的喜悦。质言之，计划虽然赶不上变化，但我们仍必须尽力美化。不管我们对于"闯入者"的意见同不同意，不管他们的意见有多么不专业，多么所谓的"状况外"，我们都必须先肯定他们愿意参与的心及努力求好的态度。如果我们的心如是接受变化及更改我们计划的人,我们就能将之转化成助力,并开创出更美好的结果,也为自己的未来做事、做人奠定更广阔的人际基石。相反地,如果我们一再谴责破坏计划的人,一再批判那些闯入更改计划的人,那等于削弱了原本可用于追求更美好的时间和力量,结果是伤己伤人,事情的结果自然更为不堪。

能吸纳不预期的力量或能消化不一样的意见,这需要很高的智慧。佛陀说对治烦恼的良方就是因缘观。因缘观是佛陀提出最基本的宇宙法则。一切世间事无不都是因缘生、因缘灭。个人在整个事件里面只是一个小小的作用,不必将一己之意见过度着重,不然就会很容易起烦恼心。因缘观是破除烦恼最重要的路径。因缘未到,你再怎么强求,只是徒增苦恼。因缘如此,你再怎么不愿意,也必须面对并坦然接受。我们可以尽一己之力将事情修正,但是我们无法永远地期待因缘如我们所预期。虽然如此,我们不能忘却对正确事物的期待,我们必须将善的因深埋心中,并且时时努力,一旦对的缘来到,就能够进一步实践我们良善的坚守。

证严上人在创建医院之初,会员不过两三万人,在东部这个偏远地区要建一座医院谈何容易。有许多人都不看好,认为是不可能的任务。一位日本的企业家看到上人的悲愿,就发愿要捐上亿美元给上人,但是上人认为一座医院必须集合众人的爱心,而不应该是由一个有钱人所建造,于是他婉拒了。终于,历经数年的奔走,慈济医院在全台湾二十万个爱心大众的护持下破土了。然而,没想到医院刚破土不久,就有一位军方代表到花莲见上人,短短十五分钟的停留带来青天霹雳的讯息,医院的用地已划为军事用途,必须收回。这个消息,如同天上一块巨石掉落下来,重重地压在上人心头,这么多爱心大众的心血,要如何交代?上人伤心绝望,连续几天食不下咽。他一方面继续找地,一方面也嘱咐弟子将钱清点,准备归还给信众。就在绝望之际,一个信念一直鼓励着,那就是"信己无私,信人有爱"。相信自己建院的动机是无私的,也相信这分初发心,终究能启迪人人的爱心。就这样,在众多爱心的协助下,第二块地很快又找到了,第二个地点比第一块地更理想,更适合医院之所在。"信己无私,信人有爱"引领上人及慈济人,突破这个不可预期的难关及障碍。

信念好比一颗种子

当事情不如预期,上人始终回到信念。

佛教里所说的不变随缘,随缘不变。变化是永远的,重要的是信念必须坚守。信念一如一颗种子,即使身处寒冬,仍要坚守;只要种子深埋心中,等待春暖,终能绽放夺目的光彩。因缘生法,因,是信念;缘,是成就之助力。不放弃善因,等待因缘,终能成就善果。

但许多人碰到非预期的困难及变化,常会深受挫折,甚至放弃追求。正如德国心理学家佛洛姆所言,失败及挫折是成功的关键;但另一方面,失败及挫折又深深地伤害人的自信心,使得无法具备更大的勇气追逐最终的成功。其实对成功的渴望,不是勇气的来源,勇气来自信念和爱。

爱,让我们面对不完美仍保持丰盈热切的心,这心是喜悦的,也是宁静的源头。

这心,看见世间种种的不完满,所以能更明了我们的心对完满的理念及渴望,"一如一面镜子,照见外界的脏乱污垢,但自己却不为所染。"一面镜子再怎么洁净,如果没有景物，它有何用处呢？一面洁净的镜子，会因为照见污垢就被污垢所困吗？这是证严上人告诉我们心不为环境所染的境界。当情况不如预期，千万不要困在情境里面，你要更靠近内心，回到内心，时时地把握生命的本怀及理念；并将之运用于五浊恶世的种种不幸，努力改善它，呵护它，但不会被它所影响及牵绊。这是随缘不变、不变随缘的生命智慧。

而当你觉得愤怒，那表示你有控制的心。控制的心一起，你失去的不是那分你预期到来的美好，而是失去使它变得更美好的各种助力及机会，也隐灭并折损你本自具足的那一分纯净完美的信念。

虽然如此，抱持信念和坚守爱，不等同于我们抱持一项知识或观点。知识或观点可能因时间变化更迭，然而这种变化，常常指出一个新的方向，它寓示着一个真理或幸福的境地正在不远处等候着你。

但是人常常拒绝接受新的知识和观点。这种人不是坚守信念，相反地，他们缺乏真正的信念。当知识与权力合流，就扼杀了它的发展和开敞性。知识渴望看见自己在历史进程中的真面目，但是权力却极力排拒它的面貌。

变动是创造的开始

中世纪哥白尼说太阳绕地球,到了伽利略,推翻这个说法,坚称地球绕太阳的理论,结果被不愿意接受这项宇宙变动理论的宗教领袖逮捕,并死于狱中。十七世纪牛顿发现地心引力,到二十世纪爱因斯坦证明时间宇宙的相对论,天上一天是人间百年的说法是可能存在的。看看我们认为不变的宇宙有多大的变化,但是这些变化让我们更趋向真理、更趋向事实。这正如英国哲学家卡尔·巴柏(Carl Popper)所说的,真理是透过开放性的否证得到的。水的沸点是一百度,但水的沸点在高山上不是一百度,后面这一段陈述并不否定前一项水的沸点是一百度的说法,反而充实了它。真理在接受变动中逐渐充实完满。拒绝接受变动,就等于将自己逐渐远离真理。

变动,在宇宙生成过程中始终持续进行着。当宇宙终止,万物不是实现完美,而是已经毁灭。害怕变动,不如换个角度思考,变动可能是善的、正向的。世界正是因为变动不羁,因为不完美,所以创造才可能开始。

许多先知经常遭到同时期的人们抨击或唾弃,其原因正是因为人们不愿意接受新的事实或新的观点,因此接受改变的心是智慧的开始。苏格拉底早就认知了这一点,所以他认为人间的一切真理,永远都是在追寻之中。他说:"我只知道一件事,那就是我什么都不知道。"那个不知,正是一种伟大的知;因为世间一切的法是没有定论的,只有用一种谦卑的心情及开放式的同理,才能有真知。如果我们用一个预设的完美理型去了解、衡量、观照一切变动的事物,那就没有新知可言,只有定见,只有成见,只有因为执著所产生的批判和因为冲突产生的烦恼。

宇宙本质是变动不居,佛教早就说宇宙是成、住、坏、空。希腊哲学家赫拉克利图斯,在三千年前,也已提出万物流转变动不居的理论,但是他也说:"在一切变动的背后都有一个恒常的动因和动能。"这个动因和动能,赫拉克利图斯把它称为"Logos";在赫氏眼中,"Logos"是一切万物生成变化背后最终的原理。

希腊哲学家苏格拉底的说法也接近这个论点,他认为在不完美的世俗世界变动中,有一完美的理型及理念。世间没有完美的圆,但是我们有完美的圆的概念;世间没有完美的正义,但人们有完美的正义之理念;世间没有完美的马，但是有完美的马的概念。概念总是可以描述得尽善尽美，但变动流转的世界却没有一完美事物之存在。正如泰戈尔说："真理穿上它的衣服显得很紧窄。"

虽然抱持着概念，坚守信念，却不用信念去要求现实完全符合它的标准，这是苦的来源。去除这个苦的关键不在放弃信念，而是放弃求的心。上人所说"多求也多变，多变也多生，多生也多灭"，要求事事顺心，要求别人符合自己的期望，要求世界按照我们的方式运行，苦是不会穷尽的；欲求伴随着控制的心，是苦的根源，所以要不变随缘。

接受世界是如是的存在，理解我们心中有一个完美的信念及法则，那是本自具足的心；接纳世间的不完美，并尽力发挥本自具足的心性，去实现而不是期待，去创造而不是苛求，生命才有出路。这当中的关键智慧就是"爱"。

活在人间

> 我们活在人间，活在这个有形、短暂的时空中，如何才能保有如朝露般的清澈永恒呢？

人间，人在这一段有限的生命期间，人在这一个不由得自主而降生的空间，所遇到的许许多多我们或者爱、或者怨的人事纷纷扰扰之间，一切都那么匆忙杂沓，一切仿佛璀璨绚丽，也仿佛昏瞶迷离，究竟人为何要走这一遭呢？

人，这个字这么好写，这么简单，但却十分难为，也十分地繁复。我们的一生从出生的一片单纯，逐渐长大，接受教育，受环境熏习而逐渐变得复杂。随着我们复杂的程度，我们的生命也愈来愈走入苦闷的境地。我们被环境所形塑的观念，以及与生俱来又受到社会激发的欲望，在在都引导我们陷入一个巨大的生命牢笼之中。直到死亡来临，这牢笼及欲望的枷锁都还无法挣脱。除非我们开始思维生命的出路不是累积知识，而是如何能重拾单纯的智慧；不是追逐拥有更多，而是知道如何能舍，舍弃自相矛盾的情感及追寻，舍弃彼此冲突的生命步调及行事作为，否则我们无法真正单纯，真正过一个智慧的人生，真正体会作为人的快乐。

印度诗人泰戈尔说："上苍期望人在他的智慧中重获他的童年。"证严上人也说："人，要有赤子般的单纯，如狮子般的勇猛。"求道、解惑、求智慧就是必须回到单纯，但这过程是十分艰辛的，是充满荆棘般的坎坷，所以须如狮子般的勇猛。一个觉悟行者的生命历史，就充满着这一种为追求生命的解脱，为了去除各种先天与后天、欲望与见解执著的捆绑，为了返回自我生命的真纯所做的奋斗和努力。

修行，就是要让自己变得单纯。单纯有智慧就是富足的人生。这是证严上人带领众多慈济人及弟子行入人间、净化世间的最终愿望。许多人都想知道证严上人能创造这么令世人惊叹的志业，究竟他的成功关键何在？很多人都认为上人非人也，是"神人"之辈！上人的确有圣人之德，但是他的感动、启发他人的真正关键，是因为上人有一颗很单纯的心。当我们背负着世俗社会里熏染的复杂欲望和见解的枷锁来到他的面前，上人的单纯仿佛一面镜子，你立刻在他面前见到你的复杂性，那使你人生变得苦闷及矛盾的复杂性。所以行入慈济的菩萨道，就是走上返璞归真的道路。

一个慈济人的生命觉悟历程，就是这返回真纯的奋斗过程，就是内在生命脱离环境禁锢、脱离自我欲望捆绑的努力。这种觉醒是经由利他的实践所体现，是经由克服命运舛厄的周折，最终寻回单纯智慧的真实历程。一颗备受污染、即将干涸的水滴，如何重回大海的怀抱，恢复她清澈无染本性的动人诗篇，似乎是我们活在人间最终的目的。

返回单纯心态

返回单纯，与其说是一种心境，不如说是一种智慧。了解各种千头万绪，明白各种纠葛都是起因于我们在自我繁复的欲念及执著中打转，来自我们随着周遭的混乱起舞所致。放弃复杂的心，放弃充满思辨慧狡之心，而宁愿选择一条单纯的路走，虽然这单纯的路更艰难，然而长远下来却更宽阔。认识这种单纯所能创造的长远益处，是需要高远智慧的。

　　保持单纯的心必须深具智慧，同时要具备无比的大勇气。世事人心错综复杂，一个单纯的心是否能够阻挡世事人心繁复的趋向，直指真理，这需要无比的勇气。它需要行所当行、为所当为，虽千万人吾往矣的大勇气。正如那首慈济歌里所言，"如果不是佛菩萨降临人间，有谁能拥抱苍生？"或者我们应该说："有谁敢拥抱苍生？"想一想上人当年创立医院受到多少波折和质疑，如果只是要盖一座医院，最直接的途径就是接受当年那位日本富豪的数亿元捐助，但是上人知道自己的出发心是要肤慰启发人人的悲心。医疗是筏，慈善是筏，行善不是靠一人之力能得到，由一人之力建造医院，无法度化芸芸迷惘的众生。他守住这单纯的心念，不受外界各种困难或看似方便的利益所影响，而宁愿选择走一条更艰难的路途，然而那路途却是远大宽阔的呀！

　　单纯的心是灵命觉醒的开始，它之于我们凡夫，犹如朝露，犹如一颗毫芒的幼芽，需要更大能量的滋养。我们活在人间，活在这有形的、短暂的时空之间，身处忙忙碌碌的人与人之间，如何保有如朝露般的灵命清澈永恒呢？

人间是修行、借住的场所

慈济世界有许多从事人文工作的志工,他们一方面自己在实践利他的服务体验,另一方面又同时用笔和镜头记录其他慈济菩萨行者,对于生命迷惘的觉醒,对于命运造作的最终摆脱。他们深信上人所言,真正的经典、经藏是人,走入人群,就如同走入经藏之中。人与人之间真纯本性的相互激荡、淘洗,让朝露般的生命焕发、亮丽、清明。

活在人间的岁月是短暂的,刹那间就会失去,但证严上人常鼓励弟子要利用有形的身体修无形的慧命,用有限的人生体悟永恒的真理。生命诚然有限,我们眼睛底下的人间不会永远存在。但是其实这一个"间"字,就意味着它是在一个连续时空中的某一段,它虽然是有限的,但是它的前后却存在着恒久的、似乎无止境的历程。

人间,不过是一种连续生命体当中的一个小片段。片段必须认识连续,一如部分必须认识全体,才能够真正领悟生命的本来意义。生命的本来面目是必须在这无止境的连续循环过程中去完整地把握。然而这种把握可能是抽象的,可能是模糊的,也可以是极易改变的。对于生命我们

必须从一个更大的我之中,去认识自我生命乃是大我的一部分。

水滴原属大海,直到她离开大海追求单独的自己,她才出现干涸的危机。这人间,是我们生生世世的生命体,因为欲望及见解的缘故而不断地生生灭灭,永不歇止。人间的起伏生灭一如大海的波浪,浪欲平,必须风静。风,就是欲望及见解的执著。要风静、浪平,就必须超越生命表面的起伏,潜到大海最宽、最广之深处,才不致在人间的表层风浪之中持续颠簸。这大海即群体的大爱,即人与人之间的无私奉献,即佛陀智慧中那众生具备、人人具足的真纯本性。这本性,是个人的,也是群体的,更必须在群体中历练及追寻才有所得。这本性,表现在有限的人间,却伸展在绵延无限的时空之中。认识这善的能量,我们才能在这短暂须臾的人间里,把握正确的生命方向,摆脱复杂的爱欲见著之捆绑,回复真纯智慧的人生。

最后,一如海德格尔所说,"当我们不知道自己身在何处,我们可以想一想别人在哪里。"透过他人生命之借镜,我们得以更认识自己的命运及可能的出路。经由他人之生命历程,我们得以寻回真纯人生的智慧大道。所以我们说活在人间,而不说活在时间或活在空间;说明活在人间最重要的是关注人与人之间,时间及空间都是背景,都是我们修行的、借住的场地。在人与人间修行、淘洗、付出,生命才能锤炼出最纯粹恒久的光华。

追寻下一个追寻？

> 证严上人做任何事，不会因为那一件事做了一百次、一千次，就有所懈怠，为什么他能有如此惊人的毅力及恒心？

当一个人不能享受过程，再伟大的成果又有何益？如此，生命不过是一副沉重的枷锁或一场炼狱。

黑人人权领袖马丁·路德一开始只是要劝服街头的黑人停止暴力行为，结果成为美国最伟大的人权领袖；印度圣雄甘地，一开始只是不满南非的白人不合理地对待印度人，因此展开了对英国人的非暴力抗争；发明家爱迪生不过是一心想造出有电力的灯泡，却关键地改变人类的生活样态；弗洛伊德是为了治疗好自己暗恋表妹的心理情结，却因此成为伟大的心理学家，他个人人格的觉醒，也使得成千上万被心灵所苦的人得到解脱。这些人成就伟大，不是发伟大的愿望，而是为了完成一件他们认为重要的、有价值的事。他们一开始没有想到结果，没有想到将来扬名立万，他们都是为一件事终身热切地追求及努力，直到生命的尽头。

证严上人也一样，他成立慈济功德会，一开始就只是要为穷困的人尽一分心力，到今天依然如此。

任何缔造伟大的人，一开始经常是因为喜欢做某一件事，他们关注在那一件看来是小事的乐趣上，并进而改变这件事的既定做法。他们创造了新价值，因此伟大；但是有企图心或野心的人却关注规模，因此他们缔造成就。

虽然如此，成就导向及成果导向，一直是工业社会追逐的重要生命价值。成败论英雄，自古皆然，于今尤烈。结果决定一切，似乎是世俗社会的一项通则。

重视因或重视果？

修习佛法的人都会体会到，凡夫畏果，菩萨畏因。最终的果，是由一开始的因决定的，所以有智慧的人宁愿多思考因，少计较果。

相较于时下人们一切以追求成果为导向，所谓"Begin with the end"，一开始就要想好会获致何种成果，在慈济世界则很强调过程的重要性。盖一座爱心的医院，从一砖一瓦开始都必须富含爱心，每一粒沙、一块石头，都是爱心大众所建造出来的。连建筑工人在工地都被感动，因而不抽烟、不吃槟榔、不喝酒，而且还素食。这是过程比结果重要，或是换个说法，有正确的、良好的过程，才会有真正永恒的甘美果实，这是慈济做任何事的不变法则。

但是另一个世界，不择手段的成功，在社会上却常常因而得胜，因而得逞，所以很多人想学习，想起而效尤。姑且不论这些成功多半是短暂的、不隽永的，即使经由不正当的过程或手段获致成功，内心也经常忐忑不安，忧患交迫，于是驱使他去进行更多的控制，企图掌握更多的外物，以抚平内心的焦虑及不安全感；或是因为焦虑的缘故，转移到耽溺酒、赌、毒或美色，以消除内心长久的压抑。这是为什么我们看到许多人拥有巨大的权力及财富，但是他们另一面生活的堕落，却令人惊讶叹息的原因。

无可置疑地，成功会驱使人们追求另一个成功，如果一个人只在意成果，只满足于成果，那成果未到之时，他可能会不择手段；而当成果到来之时，他会开始乏味，他就会开始去追寻下一个追寻。这正如证严上人所言，只要心有求，就是永远的缺,而那个缺口是一切历史悲剧的源头。

享受过程或追求成果

亚历山大大帝一生南征北讨,他所率领的数十万部队,被称为移动帝国。他喜欢征服,一个征服结束,他就继续下一个征服。许多历史学家说,亚历山大大帝终年不断地征伐,是为了逃避长久控制他心志的母亲。也有人评论说,

他只是要一个个的民族都臣服于他；而他自己却相信，他要将人类的平等理念传到全世界。于是他不顾马其顿诸将领的反对，娶异邦蛮女为妻。他强调一切帝国的征战，只为求得人类平等相处。果真如此，亚历山大大帝是因信念而生，但是他的部将只要征战的成果，如金银、美女等。一旦金银财宝足够，他们急着要回马其顿享福，而亚历山大大帝认为理念还要再发扬，还要再传递，还要再征战，只要不到世界的尽头，他不会想回马其顿。然而他的信念夹杂着太多的野心、太多内心未知的逃避和压抑，这使得他的信念不易被充分清晰地理解。就在将领无法了解、认同他的信念之下，在一种集体的不谅解，甚或集体的阴谋中，亚历山大结束了他短暂、辉煌，而又充满悲苦及争议的一生。

亚历山大的故事其实说明了一个人如何被野心、征服、获取、成功等趋力驱策之下，一步步地让出自己的赤子之心，一步步地被自己庞大的建造物给吞没。这是德国心理学家荷妮所说的一种"应该的暴行"。我应该成功、我应该有所成就，于是一切的奋斗，一切的知识获取，一切的才华培养，一切的隐忍，一切的谦让，一切的征战，都是在这种可歌可泣的心态下，升起，跃进，最终以他仅存的灰烬埋葬自己。

另一种相反的做事心态及价值观,是关注于过程,重视因,重视信念;只以信念的实践为依归,而不是以成功、以成果、以获取作为目标。重视信念并不意味着缺乏智慧,并不等同于不重视最终之成果,而是更强调方法及过程之善和智。如果过程都是善的,也是智慧的,那一定会有美的成果。这和只强调结果的人大大的不同点在于,强调过程的人一路看到的是理念的实现,他享受每一个实践的过程,但是对于强调结果的人,过程是他的手段,甚至是必要的恶之手段。在这种情况下,许多人都受到伤害或剥夺,因此造成"一将功成万骨枯"的结果,而他自己也并不能真正享有每一步、每一个过程的善和美。

国内摄影大师阮义忠长期亲近证严上人,他在接受探索频道(Discovery Channel)的访问中提到,证严上人做任何事,不会因为那一件事做了一百次、一千次,就有所懈怠。为什么证严上人能有如此惊人的毅力及恒心?原因是他看的是过程,他所经历感受的是过程之美,所以一千次、一万次,这种过程之美对他而言,都还是那么新、那么美好。

反观，如果一个人只是追求结果，那某一件事做完了，让他再做几次，就觉得没有挑战，已经会了，成果已经达到了，还一直重复地做，当然会烦、当然会腻；就像一个想要挑战世界跳高纪录的人，当他跳到两百公分的成果之后，再要他多跳几次，他可能会觉得无趣，觉得没有挑战。但是一个喜欢跳高、享受跳高乐趣的人，不管他是否能达到世界跳高冠军的成果，他只要跳，他就很高兴。当一个人只追求世界跳高冠军，一旦拿到冠军，他的乐趣也告终。而享受跳高乐趣的人，不管跳到何种水准，有没有得到冠军，每一次的跳高，他都很快乐。可见，享受过程及追求结果，是两种不同的生命面向。

证严上人正是领略每一次过程之美，欣赏每一个人的生命之美。每一件事，每一个弟子的改变，都是在实践他净化人心的理念。事无大小，人无尊贵，不管是慈善访视、紧急救难或医疗义诊，不管所接触的是企业家、老师、医师或环保志工，他都是以等同的心情去看待、去领略其间理念被实现，价值被体认，真情被融会之美，所以每一次他都会觉得新，觉得欢喜。

而领略过程之美的人，并不会比汲汲追求成果的人，更不易成功。相反地，当一个追求成功的人达到目标之后，他就会开始懈怠。拳王获得冠军后开始发胖，篮球健将退休后开始酗酒，这都是因为拥有生命的成果后，就开始走下坡，但是那些追求理念的人，体现、领略理念实现过程之美的人，会不断地把理念带给每一个人及世界的每一个角落，永不停歇。世界之大，理念永远需要引领给不同之人，点化不同之事和物，所以他们永恒不懈地追求及努力，最后反而获致更伟大的果实。

专注信念的体现，而不是一味地追逐成果，才能时时刻刻领略生命恒久之美。

有价无价

价值是怎么决定的？如何才能过一个富足又有价值的人生？

有一则心理学的寓言是这样写的，美国一位天才篮球手杰克，他在高中时期就展现不平凡的篮球球技。他从小就喜爱打篮球，只要他一上场，立刻风靡所有在旁观看的群众。打篮球成了杰克生命中最大的喜悦及成就，而这也是上天给他最佳的天分。杰克沉浸在篮球中，打篮球无疑地成为他生命中最大的一项乐趣。就在他高中毕业前夕，全美职业篮球队教练找上他，希望杰克加入职业篮球队，并且允诺他一年一百万美金的年薪。其实杰克开始打篮球的时候不过是一项兴趣，没想到这项兴趣却为他带来丰厚的收入。过了十年，杰克在篮球场上一帆风顺，但有一天，教练突然来找他谈话。教练说，球队经营不善，希望杰克能够像过去在高中时期一样，继续用兴趣的心打球，因为球队没有钱再付他薪水，何况这些年来杰克的收入也应该让他一辈子生活无虞。杰克听完教练的话,非常生气,他离开球队,从此不再打篮球。

杰克过去为兴趣打球,得到很大的快乐,为什么到后来却无法接受教练的要求,继续为兴趣打球呢?心理学说这是"动机的转移"。杰克早就从为兴趣打球转移到为金钱打球。心理学说明当外在的诱因过大,人就会改变他原本行为的动机和态度,转向适应新的诱因,并且接受它成为新的行为动力。在接受年薪百万之后,他打球的动力已经转移了,这就是杰克为什么无法回复到高中时期纯粹为兴趣打球的心情。金钱的报酬已经改变了他对篮球的态度,成为他打球唯一的动机。

现代资本主义理论大师亚当·斯密在他著名的《国富论》里曾说,人类经济活动的演进是因为技术的交换。他说,原始社会里面有一位木匠,原本只是很会做各种木头工具及生活用品,后来有村里的人用食物来向他交换家具,他逐渐发觉,与其自己去打猎觅食,不如多做木头工具,所换取的食物比自己打猎还要多,因此他就成为村子里的木匠。这就是人类经济生活中分工的发轫。本来木匠还是自己打猎,本来木匠会送木头家具给邻居的。然而,一旦这个技能是为了生活,或是有利益的交换及目的,他享受做木制品的兴趣就改变了。当他的木制品成为商品,木匠就感受不到那分单纯的创作快乐;当他的木制品有价,他当然不会再拿去送给邻人,单纯的人际互动也被商业机制改变了。人类就是在这种不知不觉的"物化"之中"异化"了。工作本来是生命中的一部分,如今成为生活的全部,及一切生命的动机及目的。

找回一分无目的的快乐

想象现代社会中一位医师在成为医师之前,他很可能是喜欢小动物、喜欢照顾小生命,他从喜欢生物科学、自然科学到立志研读医学。那时候纯粹学习的快乐和金钱、外在报酬是绝对无关的,但是一位医学生只要进到职场中,商业体系就包围了他,他一切的特长与天分都被化约为金钱及升迁的专业地位。纯粹的快乐不见了,小时候帮动物包扎的乐趣不见了,看到病人康复的心情及对病所受的苦,恐怕也慢慢地淡了。时间等于金钱,病看得快就是医院的经济效能。病人的心不再是我们所能体会的,更谈不上看病人的那一分快乐。

德国最著名的哲学家康德，曾为"美"下定义，他说"美"是一种无目的的快乐。鲸鱼唱歌是没有目的的，它就是爱唱。杰克打篮球一开始是没有目的的，他就是觉得快乐。原始社会的那一位木匠做家具，一开始也是没有目的的，因为是基于乐趣。然而，当兴趣成为一项职业，创作成为商品，心就污染了，目的就转化了，商品的价值扭转了一切。单纯的快乐不见了，单纯的人际互动也转化为商品的对价及利害关系。

在慈济，许多医师在义诊中找到那一分失去已久的、单纯的、无目的的快乐。人医会的医师们可以花上一整天的时间跋山涉水，历经数十小时到偏远岛屿、深入乡间，这其实是违反分秒必争、看病效率等同于金钱收益的商业医疗体制，但是他们在义诊中得到的快乐及内心的满足，却是任何金钱及利益所无法取代的。

虽然病人没有付钱，医师还得翻山越岭，但病人的苦，医师可以感受到；只有感受到病人的苦，然后将病苦拔除，快乐才能显现。如果一位医师无法深切感受病人的苦，他自然也无法享受将病人治愈的那一分快乐。一旦金钱介入，心就被物化了。如果医师的时间就是成本，看病时间要短，单价要高，病床流转率要快，这一切都扼杀了原本单纯付出所能感受的那一分快乐。

医师如此，其他资本主义市场机制底下的各行各业何尝不是如此？我们单纯的心哪里去了？那一分藉由特殊天赋的展现而获得的快乐哪里去了？在市场机制底下，利害愈明，人心愈不快乐，社会也愈凉薄。

试着找回生命中自我的真正价值，你会发现，那一分价值既不是物质的报酬所能造就，更不是外在的评价所能给予。"有价"的未必是价值，"无价"的才是真正的有价值。找回清净的心，才能找回那一分无目的的快乐，也才能真正过一个富足、有价值的人生。而这样的寻找，必须在无所求的付出行动中才能真正求得。

发现"爱"其实就在身边

但是多数人其实不知道自己该做什么事才会真正快乐？因为快乐是被教导出来的。它跟着观念走。

从小被教导的快乐是成功，是受景仰，拥有声名，掌握权力。成长之后，这些都变成快乐的指标。即使这些快乐会常常使内心因背负着许多压力而带来痛苦，承受许多因为欲望伴随的挫伤，但是人们在这些根深柢固的观念下，依然不会轻易放弃对于这种快乐的渴求。

一个人如果能够在年轻的时候，就找到属于内在导向的快乐，而不是追逐外在导向的称誉所带来的快乐，他就真正能过着有意义、丰富又自在的人生。

托尔斯泰的大作《战争与和平》，里面描述一位主角安德鲁公爵，英姿焕发，出身军人世家，父亲官拜上将，妻子贤慧婉约、落落大方。他在俄罗斯宫廷里生活过得十分快乐，但是他崇拜拿破仑，他希望成为战争英雄，受人崇拜。这种心理使得他在宫廷里郁郁寡欢，而就在妻子怀孕之际，他却选择到最前线去打仗，一心渴望建立战功。

在前线，安德鲁显得神采飞扬，雄姿英发。在宫廷时的疲弱神情顿时不见了，取代的是一种欲立天下大事的勇气及决心。而就在法俄交战前夕，他趁着一轮明月，在树林间漫步。他在皎洁的月光下想起他年迈的父亲、深爱他的妻子，以及刚刚出生的孩子，突然间他觉得时空错置。为什么？他深深问自己。明天就要打仗，他长期渴望立战功的机会就要来临了，但此刻心情却如此惆怅！安德鲁对着明月不由得掉下眼泪，为着许许多多他不认识，甚至永远都不会认识的人的崇敬，他竟然离开最熟悉自己，最深爱自己的父亲、妻子、孩子。难道生命的追求是如此地荒谬吊诡吗？

托尔斯泰用安德鲁的心境来讽刺追逐声名、权力的人生命的空洞及荒谬性。这些追逐世俗成就的英雄，倚着他们被教导的成功模式，一味地努力，竟也放弃他们已经拥有或可以拥有的真正的快乐及幸福。

托尔斯泰的《战争与和平》，正说明这些英雄的英雄梦，引起世人的征战。另一方面，托尔斯泰也似乎将幸福快乐界定在家庭之中。当然快乐及幸福是一个家庭重要的部分，但这期间最珍贵的其实是爱——对家人的爱，对其他许许多多相识或不相识者的爱。爱是一个能真正获致快乐的关键因素。

一个平凡的卖菜农夫，一个开计程车为业的平凡人，甚或一个因着自己天分而创造不平凡志业的人，只要能将他的一生真正扣紧爱，他就是一个快乐的人。

以正义之名

为正义或为和平？恶人应不应该受到惩罚？

那是一个平凡的早晨，一位平凡但气质脱俗的巴勒斯坦年轻女学生，她做了一件事！那件事，令世人震惊，让世人警醒。

二〇〇三年的夏天，以色列境内，犹太人和巴勒斯坦人活动的市集，一大早，人潮汹涌的闹区，熙熙攘攘，大家一如往常各自踩着忙碌的生活脚步。一个超级市场的门口，来了一位十七岁的少女，她是一位高三的学生，头上白色的头巾遮不住年轻美丽的脸庞；她偌大的眼睛勾着一轮细细的眉，显得娉婷妩媚。她品学兼优，立志上大学攻读新闻，准备以后当一位新闻记者。她钻进人潮里，背上背着一个学生书包，应该是上学期间，她究竟是下课了，或是今天不上学？她眼神顾盼，略显不安。她看到一位领着小孩的巴勒斯坦妇女，就凑近对这妇女说，"赶快离开这里。"妇女还没回过神，女子就挤进超级市场里，消失在人潮中。

一分钟不到,一声巨大的爆炸声,划破市集的喧扰,爆炸后一阵寂静,继而是更大的喧哗和惊慌尖叫。硕大的巨响已经震碎市场的建筑,震碎方圆五百公尺的玻璃,也震碎了不知多少亲人及世人的心。

她才刚过完十七岁的生日,她身上背着的原来是一颗定时炸弹。半年前,以色列的士兵攻打巴勒斯坦自治区,炸弹打中她家附近,她的哥哥在和邻人聊天时被炮弹炸死。这一炸,改变了她的人生和生涯规划。恐怖分子找上她,仇恨的心使她自愿加入自杀式攻击,对她和恐怖分子来说,这是彰显正义,透过自杀攻击,提醒盲目的世人,看见长期笼罩在中东那朵西方邪恶的乌云,和来自基督教世界千年的不正义。她接受三个月的训练,毫无挣扎地走上生命及爱的终点,等在死亡另一端的,是永远不解的冰冷和仇恨。

正义的符咒

一直以来,正义及和平之两难,一直在西方哲学界论战着。"以眼还眼,以牙还牙",是我们常见的一项社会法则。

事实上，尽管这种法则深深地支配着我们日常的行为模式，但这个模式却经常被更正当的、更冠冕堂皇的理由给遮蔽或掩饰掉了。掩饰"以眼还眼，以牙还牙"恶之法则的方法，正是正义的符咒。去讨伐我们反对或不喜欢的人，或与我们观点利益相冲突的敌人，最好的方法就是将对方定位为恶的一方，然后以正义之名，加以攻击或杀害。

"如果我们不攻打阿富汗和伊拉克，我们就难以避免在街头及城市里遭逢敌人。"这是布什总统对美国人民发表演说，尝试说服美国及西方领袖支持他出兵攻打伊拉克的说法。有趣的是，这个说法和本·拉登发动 Jihart 圣战的理论如出一辙。以本·拉登的理论来说，美国及以色列等异教徒，长期在巴勒斯坦屠杀、镇压巴勒斯坦人，巴勒斯坦人每天都生活在如战场般的恐怖及杀戮之中。本·拉登等人认为，我们要让美国人尝一尝把别人的城市及街道当作战场的感受，我们要让美国人体会一下这个滋味。十二个受高等教育的阿拉伯青年接受这个思想，劫持飞机，撞毁了世贸大楼，导致五千人以上丧生，九一一的悲剧及影响至今仍震惊人心。然后美国出兵攻打阿富汗，翌年，攻打伊拉克。在找不到毁灭性武器的讽刺下，美国部队不断地遭到伊拉克游击队自杀式的攻击和报复。

杀掉一个恐怖分子，即有可能会创造出十个恐怖分子，因为仇恨会继续滋长，他的兄弟、儿子和朋友会继续对抗，等待时机揭竿而起。仇恨无法用仇恨的方法止息，是很清楚的历史印记。以暴力为名的正义，就如同俄国文学家托尔斯泰所说的，"它不过是扮演火车头前面那个铲雪的工具，它铲除了历史前进中的绊脚石，让发动或强化仇恨的人能够以正义之名发动非正义的暴力。"

恶人应不应该受惩罚？

同样企望以恨止恨的戏码，从远古演到中世纪十字军东征，从西方演到东方，从过去演到今日，从中东演到亚洲。一九九八年五月，一场仇恨之火燃烧亚洲。它原本是一场令人忧心的金融风暴，从东亚持续扩大到南亚——印尼这个原本被列为经济四小龙的国家，被金融风暴影响，民生凋敝，社会动荡，一触即发。

五月的一个晚上，一个谣言在雅加达四处散播着、骚动着：华人是印尼金融垮台的罪魁祸首。一批来路不明的人士开始在雅加达攻击华人。第二天,大暴动爆发,印尼的暴徒见到华人就杀、就砍,被喻为雅加达之星的双子大楼,里面住着许多富有的台商及华人。那一天,每一层楼都被暴徒破门而入,尽情地烧杀、抢劫,妇女被奸淫掳掠,几乎没有一层楼幸免。军警接到通报并没有介入,一种庞大的令人恐惧的默契笼罩着华人社会。许多华人都逃走了,逃往新加坡或往邻近国家躲避。

暴动的同一天,印尼慈济志工张师姊,正挂上电话,她的儿子在学校里被困住了,到处风声鹤唳,人心惶惶。高速公路被暴徒围堵住了。张师姊先生的工厂也已经被暴徒围困,她正在联系军警,希望能化解暴徒进一步的攻击。电话刚挂完,一通电话又响起,是慈济分会的执行长刘素美,慈济准备明天继续进行原本预定的肺结核药品的发放。张师姊随后打了几通电话,联络一些志工,准备明天发放的物资,并讨论动线安排。这一年,慈济在印尼陆续发放物资及药品给军警及穷苦的印尼人,人数超过九万人次。

为什么这一批华人不选择逃走?为什么在印尼排华最激烈的时候,继续持续扩大对印尼人进行物资发放及人道关怀？为什么要对为恶的、伤害自己家人的人伸出援手给予救助呢？

正义或和平？恶人应不应该受到惩罚？坚持正义的人坚信绝不可容忍那为恶的。但追求和平的人则强调，真正的正义在意的不是结果，而是所采取的手段。

然而，那以爱作出发的人，则超越这一切论证，他们深信爱不分彼此，如果恨能够激发恨，爱也可以激发更大的爱。

被族群仇恨捆绑的人们，世世代代传递着对仇敌的成见及伤害的阴影。北爱尔兰和南爱尔兰的每一个人身上，都背负着仇恨及血的印记。每一个家庭都有战争及种族冲突的牺牲者，仇恨好像是与生俱来的本能，也像是爱尔兰汹涌不息的怒涛，诉说着这片土地复仇的伤感。没有人愿意遗忘，直到他们体认到，以恨无法止恨，几世代的亡魂堆积的教训，最终使他们坐上和平的谈判桌。

红溪河畔的感人故事

在地球另一端的印尼，种族的冲突一直蛰伏着。

一九九八年五月，只是其中一次较为显著的悲剧。一九五八年，苏哈托上台力行排华政策，华语学校被禁，华人被迫改姓，千年流传的血脉符号，认祖归宗的姓氏，一并取消，换上印尼人的称号名谓。过去半个世纪，华人只有在过世之后才被允许冠回老祖宗的姓氏。贫富不均，华人的富裕更加深族群的猜忌和仇视；宗教的藩篱，也成为族群融合新的壁垒。

华人急欲回馈，但都被当作赎罪，得不到谅解。

慈济志工在一九九八年暴动中表现的勇敢及爱心，为以恨止恨的历史创造了一个新的起点。他们听从了证严上人的感召，在最危急及冲突的时刻，植入无怨的大爱，历史也再一次给予这个爱的树苗重新滋长的机会。二〇〇二年元月，雅加达发生一场大水患，淹及面积数十公里；多数的雅加达市区在抽水之后数周，都已经逐渐恢复生活的常态秩序，但是抽掉的水却无情地灌进一条叫做黑色心脏的河流——红溪河。红溪河的河面上居住了为数近万的都市贫民，大水侵蚀着原本已经残破不堪的生存空间。

提起红溪河，历史上一直冠着种族仇恨的印记。十七世纪，荷兰人在这一条河杀死了一万多名华人，因为统治者听取印尼人的告密，认为华人秘密谋反，因此杀死的华人都被丢进河里，当时血流成河，把整个河面染成红色，这正是红溪河命名的由来。

在一九四〇年之前，这条河流是清澈宽广的。随着工业化发展，农村的人民移居到雅加达定居，落脚在红溪河畔，他们没有一技之长，过着打零工的生活。数十年之后，这里盖满了几千户违章建筑，河水从清澈变黄，从黄变黑；河面从七十米宽，变成十七米宽，逐渐被违章的木板住宅占满，垃圾占满整个河面。淤积的污泥将清澈的河流转成黝黑的颜色。每当涨潮，整个红溪河的社区会淹水，所以住家的床都在肩膀高，因为从早到晚，四次涨潮，他们得把水掬出去，小孩子则必须躲到床上。

孩子在这环境里，成天与垃圾为伍，只能在垃圾的空地上放风筝，似乎一切的清朗及快活都只能往空中追求。在红溪河畔，触目可见河中央搭设半露天的临时厕所。这一头有人在如厕；过几公尺外，有人在河边刷牙；再过去几公尺，有人用河水洗澡；再过去数十公尺，甚至有人用这样的污水制作黄豆饼。人间的炼狱还有什么处所可堪比拟？

水灾过后三个月，红溪河上仍一片水乡泽国。慈济志工黄思贤带领着印尼志工到这个黑色心脏来勘灾。他们看到孩童上学进校园前必须先脱鞋,因为操场约两个月仍然积水不退。黄思贤把这一切都录影下来,带回台湾花莲向证严上人报告。证严上人看了之后,请黄思贤将印尼分会的慈济人及华人企业家请回花莲。那是历史的另一次转折点。

亲拿铲子铲垃圾的老富翁

二〇〇二年二月的那一次关键性谈话,改变了红溪河及雅加达人民的命运。证严上人向印尼第二富有的企业家黄亦聪老先生说,我们头顶别人的天,脚踩别人的地,我们要知道感恩回馈。上人说,红溪河三个月大水不退,极可能会造成严重传染病;红溪河的状况不只将危及居民健康,更会影响国际其他都市,因为一旦酿成瘟疫,随着航空器,传染病会带向全世界。因此上人要印尼的企业家及志工抢救红溪河,他提出五管齐下,先抽水、清垃圾、消毒、办义诊,然后盖大爱屋将居民迁居。

身为基督徒的黄亦聪老先生说,他对证严上人的敬重几乎等同于对上帝的信仰。对于上人说的一切道理,他深有同感,加上他半年前才因为被蚊虫叮咬染上疟疾,差一点就丧失生命。共业环绕没有人能得以幸免,人人都有责任,印尼雅加达的贫户问题应该即时从源头解决。瘟疫的源头不也正是仇恨的源头吗?脏乱是疾病的温床,也是贫穷的导因,而贫穷正是族群冲突的关键。这几年的排华运动及印尼社会的纷扰,一直说明着因为贫富差距,因为习惯性对困苦的冷漠、对不同族群的不愿理解,造成印尼社会急速地衰败。抢救红溪河正是一项指标,正是一切对立化解的起点。

黄亦聪老先生回去之后,很快召集印尼青壮派的企业家,包括郭再源、林逢生、傅志宽,以及他自己的儿子黄荣年等人,共同规划整治红溪河的五项计划。他也见了总统寻求政府及军方人力的支援。

二〇〇三年三月的一个早晨,八十三岁的黄亦聪老先生,自己拿着铲子铲下第一把垃圾。这一铲,铲除了脏乱,铲除了几个世纪族群的障碍及误解,红溪河的命运及雅加达的未来,也就此根本地改变了。

用爱回应仇恨

仇恨如何化解？爱可以弭平仇恨吗？

四月的印尼，艳阳高照的日子，在雅加达慈济义诊的现场，一位中年印尼企业家搀扶着一位老人家的手，缓缓地走到诊间，这幅画面温馨感人，它的意义是历史性的。"过去我们常常捐献，我们也聘请许多医师义诊，他们并不特别感谢我们，因为印尼人觉得我们是在赎罪。如今我们亲自下来发放，亲自参与义诊，并弯下腰来铺连锁砖、挖垃圾，印尼人真的感受到华人的诚意。"郭再源师兄，这位雅加达知名的企业家诉说着他们如何在加入慈济，接受证严上人启发之后的改变。"行善要身体力行，亲自参与才是关键。"

发放现场的另一角，德高望重的企业家黄亦聪的公子黄荣年，斯斯文文的脸上挂着一副眼镜，他的肩头扛着五十公斤重的米，生怕掉下来，所以他的右手扶着肩头的米，但左手也没闲着。他牵着一位老妇人，小心翼翼却从容自在地走着，一路走到搬运车的旁边，将米放在拖板车里面。老妇人说不出的感激，紧握着黄荣年的手，久久才离去。这位印尼数一数二的大企业家散发的慈悲疼爱，犹如一道月光，洒进漫漫黑夜的历史长廊，照见人性共同的悲悯及良善。因着这光，印尼人惊异于这种陌生又温暖的良善，而华人则看到自己在印尼社会重塑形象及声誉的曙光。

在发放之余，郭再源师兄和慈济全球志工总督导黄思贤师兄一起去勘察土地，因为上人指示的五管齐下——抽水、清垃圾、消毒、义诊、建大爱屋，已经完成了四件，第五件建大爱屋也必须积极进行。四月义诊完，郭再源师兄立刻和建筑师飞回台湾花莲见上人，报告土地取得及建大爱屋计划。兴建大爱屋的原则，上人的期望是它的规模必须我们自己也想住，才能盖给感恩户住。会中也有人提到要不要酌收一点点费用？上人则说，即使只收一毛钱，印尼人也会说是向华人买，而不是爱心。因此决议维持慈济一贯免费捐助的方式。七月，印尼大爱屋就破土了，预计一年内完成一千一百户的新房。

契机到来了

建大爱屋之前，必须先说服居民拆除现有的违章建筑，印尼慈济人组成一个沟通小组，和红溪河的居民沟通，而郭再源师兄则忙着和政府协调以取得土地。许多雅加达的企业家，对郭再源投入慈济都甚为惊讶。这一位在雅加达最活跃、最进取的企业家，令人难以置信地几乎在一夕间改变。郭师兄的行业从建筑、百货公司、银行饭店等无所不包，生活在优渥奢华、觥筹交错之间的日子，顿时回归纯朴。

在二〇〇一年九一一事件发生之际，郭师兄的家庭也为这一项悲剧烙下深刻的印记。他女儿的男朋友不幸地搭上九一一的死亡飞机，在飞机上因伊斯兰教徒仇恨恐怖行动而往生。女儿在悲痛之余，郭师兄亟欲寻找化解悲痛的出路。这时候慈济的因缘正好出现。郭再源师兄不断地投入回馈伊斯兰教徒的行动，让女儿的心也逐渐走出悲痛。这印证走出哀伤的方式就是去爱；爱和我们有怨怼的人，爱和我们有不谅解的人，是化解哀伤、仇恨的最佳良方。身处伊斯兰教世界的郭再源一家人，在无常的悲伤之下，在慈济无私的大爱中寻得生命的契机，掘出源源不断的爱之能量。

一位沈师兄在印尼一辈子，在印尼成长，在印尼富有，如今六十岁了，加入慈济。他投入做志工回馈印尼社会，发放、义诊、访视，他都积极参与。

有一次在雅加达的一处社区访视，他和一位志工拿着一张甲状腺肿大的妇女照片，正在找这位妇女的住址，正遍寻不着之际，一位印尼人突然间走过来。沈师兄本能地吓了一跳，退了几步，对于他来说，印尼人都是坏人居多，看到华人不是要抢劫，就是要伤害。他正处于惊吓未定时，那一位印尼人问他，你是不是慈济人？他回答是。那一位印尼人说不要害怕，他认识慈济的制服，他的疝气是在义诊中被我们治疗好的。"你们要找谁，我帮你们找！"这位印尼人接着说。

沈师兄事后回忆这一段经历的时候，眼眶泛着泪水。他一辈子在印尼生活，没有如此地被印尼人接受过、肯定过。即使他们极其富有，住豪宅、开公司，请印尼人当佣人，但是从没有如此地被尊敬、被爱过。这是爱回应仇恨及误解的另一次力量之展现。

简单却开心的"得捉马卡西!"

印尼慈济人持续地在印尼各地义诊,至目前为止已经服务超过六万人以上。在二〇〇二年四月的一次义诊,有来自八个国家五百多名医师护士及志工参与,一共帮助了一万四千多人。有一群来自穷困地区的一百多名病患引起了我的注意。并不是他们来的地方远,而是他们都是被一位病患"带来的"。这一位病患非常特别,她名叫苏瓦西,原本是村子里的乞丐。从六岁开始,她的背上长了一颗巨大肿瘤,三十年来不断增长,总重达十三点五公斤。二〇〇二年元月,接受慈济人医会义诊时,大林医院的林俊龙院长看到她,认为这肿瘤可以割除,但是苏瓦西身体脆弱,一下子把肿瘤割除恐怕会很危险。因此慈济师姊将她留在雅加达家中照顾她,补充营养,直到三月终于至医院协助苏瓦西将肿瘤割除,回到村子,村民都很震撼,苏瓦西竟然接受华人帮助而将肿瘤治愈。苏瓦西不用再当乞丐,她开始接洗衣服的工作,照顾两个女儿。

正义在最弱势的人身上彰显,总显得特别有力。四月份的义诊,来自贫穷乡村的村民就在当地华人阿古斯

（Agus）的协助下，租了两部巴士，一百多人坐了五个小时的车，进到雅加达接受慈济人医会的义诊。

在义诊后，我们随着苏瓦西及村民坐着车回到村庄。他们的村庄是一个靠近海的渔村，村民有两千多人，多半以捕鱼及造船维生。在进到村庄之前，华人阿古斯告诉我，在一九九八年排华运动之际，这村子是最排华的。当时只要走进该村子，一定会受到攻击。我们一行人和大爱摄影组人员陪着苏瓦西进到村子，村子里的人老远跑出来欢迎。在苏瓦西的家门前，小孩子围着我们玩，不下上百位村民簇拥着我们。

我远远看着几十公尺外一位年轻人对着我们微笑，他引起我的注意，因为他身上穿着一件T恤，上面有一个令人瞩目的人头肖像，那肖像在二〇〇一年之后，是恐怖主义及复仇主义的代表，那人头肖像正是本·拉登。我带着摄影机走向那位年轻人，他继续亲切微笑地对着我们，我问他知不知道华人慈济，他说知道，并说"得捉马卡西！"印尼文即"谢谢"的意思。一个一向排华仇恨华人的村落，一个显然崇拜复仇者的年轻人，对于他们一向敌视的族群说感恩谢谢，族群仇恨的化解及信任透过爱的付出已隐然建立。苏瓦西的生活好很多了，一个人只要心中有爱，就会

有更多人爱她。从她的肿瘤被治好之后,她的姨妈就把一间空房子给她和她的女儿们住。她成了村子里的风云人物,是她带来了健康的福音,是她带来了爱的福音。

用爱回应仇恨,是上人一直希望印尼慈济人及所有被仇恨捆绑的人相信及力行的法则。

无所求的爱

二〇〇三年,在红溪河整治的一年后,大爱屋终于建好

了。一年的光景,以一千一百户如此大型的工程算是非常快速的。八月份举行落成典礼,印尼总统梅嘉瓦蒂来剪彩并参观大爱屋。她看着每一间房子设计得那么美好,二十多坪的房舍公寓,慈济人把家具都准备好了,从屋子里的窗户望出去还有景观可以眺望。整个建筑只占土地面积的百分之二十五,其余都是空地草皮,孩子们终于不必与垃圾为伍。过去只能在红溪河放风筝,因为地面没有自在的空间,自由只能往空中寻得;现在他们可以自由地在广场上奔跑、踢球。大爱村很贴心地在每一栋建筑的墙上漆上各种水果标志,因为许多居民不识字,他们以水果的种类分辨他们的公寓。

艾微这位初中生,从出生到现在一共搬过十二次家,这是他第一次有安居的感觉,从此不用再被驱赶。太太搬进来看见如此舒适的公寓及家具俱全的景象,和先生抱头痛哭,几辈子的梦想就这么轻易实现了吗?"为什么会呢?"似乎搬进来的居民都不敢置信地内心自问着。不为什么,也不必做什么?一切都是源于慈济人无所求的爱!

除了大爱屋之外,社区里慈济人建了小学及中学,看着孩子们穿着整齐的制服上学和昔日的肮脏相比,可谓天壤之别。开学了,应征考试来的校长是基督徒,老师是伊斯兰教徒,学生也是伊斯兰教徒,但是盖学校的是佛教徒。宗教的壁垒似乎也随着这爱的校园之建立融化消解了。

大爱村里一座五层楼的义诊中心专为照顾村民健康而建,五楼顶楼曾有慈济人提议作为慈济的聚会所,但是上人却坚持这是给村民的,因此五楼几百坪的空间,成了伊斯兰教村民的聚会所。

印尼华人在经历种族冲突及仇视之后,在慈济志工精神的启发下,逐步改善与整体印尼社会的关系。二〇〇五年印尼总统宣布,解除三十多年禁止华人学华语的规定。二〇〇五年底,南亚大海啸发生后的第二天,印尼慈济人立刻赶到亚齐及棉兰赈灾,印尼总统随后在慈济人陪同下,也前往灾区了解灾情。慈济成了印尼政府及社会最重要的慈善救难机构。包括二〇〇七年二月的雅加达水灾,印尼政府立刻请求慈济的援助,这是付出无所求的爱所缔造之结果。

慈济完成第一期红溪河六百多户的迁村之后,在印尼政府的邀请下,共同兴建第二批六百户的大爱村,政府对百姓的爱一样会被无私的爱所激发。雅加达铁道旁有四千多户违章建筑,居民与铁道为邻,经常有不幸丧生轨道下的冤魂。孩子半夜在外逗留,因为他们狭小的屋子竟然住了三户人家,所以父母及小孩必须三班制轮流睡觉。印尼政府预备要将这一批违建户,比照红溪河模式迁居,盖新的社区,让他们永远摆脱这种令人难以忍受的残破生活环境。

从一九九八年的暴动算起,慈济人选择在仇恨的高峰期,接受上人的教导,用爱回应仇恨。不到十年的时间,印尼慈济人缔造了世界上难得一见的种族和谐之成果。这项志工付出的无所求的精神,更逐渐扩展到宗教间的尊重、互助、融合与学习。在当前宗教冲突持续扩大的情势下，如何在各宗教之间取得互助及共荣，是消弭因为教义之不同而产生各种形式的战争之关键。

一手拿《可兰经》，一手拿《静思语》

二〇〇四年，印尼慈济人协助印尼伊斯兰教长老哈比比创办习经院。习经院多半为穷困学生或孤儿。该院规模相当大，有六千多名学生。在慈济相继提供大米、建校舍、办义诊之后，哈比比对慈济人这一批佛教徒的胸怀及爱心深为感动。在两年多的援助之后，上人进一步启发慈济志工，应该引导哈比比长老慢慢学习静思精舍自力更生的精神。在慈济两年多的各种协助下，哈比比长老的习经院学生，已经成长到将近一万人。

郭再源师兄在聆听上人的开示之后，逐步向哈比比长老建议，不必一定依赖外界援助，习经院有广阔的土地，可以教导学生耕种；慈济的协助并不会立刻中断，但是学生学习自力更生，对其一生的生命态度及对社会的责任感会有正面激发作用。哈比比接受慈济人建议，逐步实施自力更生的生活计划：分组认领田地、做面包、煮面条，都由学生承担。一种新的宗教生活模式，从花莲静思精舍逐渐推向世界的另一端。哈比比感恩、敬佩上人的大爱及大智慧，习经院里开始研读《静思语》。学生一手拿《可兰经》，一手拿《静思语》研读。这是何等的宗教融合！

更有甚者，习经院学生派出两千人穿上慈济志工背心，开始学习志工精神，为社会人群付出。我们庆幸习经院不会训练出仇恨富裕社会或崇尚暴力的激进分子，而是因着慈济人学习了从自力更生到利他的行动，经历截然不同的宗教态度及实践方式。雅加达二月水灾，一千六百多位学生参与赈灾及清除垃圾的工作。他们立志做一个手心向下的人，经由利他来度己，这种积极正向的宗教观，逐渐在伊斯兰教的莘莘学子中传递开来。而当二〇〇七年四月，经过哈比比两年多的要求，慈济人终于带来一项长老衷心企盼的礼物。习经院的主教堂挂上证严上人的法照，在哈比比的规划下，全部六十多个教室也都要挂上人的法照。宗教间的共生共荣已然诞生，而这正谕示着一个新世界的开端。

辑四

转念的力量

当无常造访

> 人在世上亲人突然离去,以及人与人间的背离……当无常造访时,我们要如何面对?

生命,从来就都不可预期,这几乎是真理。不管我们规划什么,追求什么,梦想什么,想要努力得到什么,终点不是我们能设想、能预期,这是生命的常态。

在二〇〇二年五月的澎湖空难中,还发生一个令人心酸但却发人深省的故事。空难发生后,受难者家属聚集澎湖等待遗体打捞,海浪加上风雨,使得许多遗体无法寻获。那一个星期,来自全台湾的慈济志工将近五百名,在现场进行关怀。

一位慈济志工看到该航空公司空服员的家属——这位妈妈失去她唯一亲爱的女儿,自然悲恸万分;而这位妈妈也是虔诚的佛教徒,她在慈济志工的怀里痛哭失声。她说她吃斋念佛二十多年,没想到女儿却遭此灾难,她以后不再吃斋念佛了。看起来这一位妈妈的确相信吃斋念佛能让自己或儿女平安幸福,念佛吃斋意味着能转厄运为幸运,能转恶业为善,但其结果是让她失望的。

从这位妈妈的诠释及理解看来,业是不能转的,既然业不能转,继续吃斋念佛又有何用呢?姑且不论业能不能转,但可以确信的是,吃斋念佛其实是不能保证带来好运,不只吃斋念佛不能确保平安顺利,做任何善事其实也未必能消灾纳福。学佛不是买保险,学佛行善并不能保证你家庭一切顺遂,儿女成绩第一,婚姻事业顺利,你不会生病,一切心想事成等,这其实是执妄虚无的期望。学佛行善是找到一个正确的生命态度,是学会如何面对生命的困境,转念转心,不被一切的无常及业力继续牵引,能超越这一切本来就必定造访的业力及无常。

业可以被化解吗?

在澎湖空难发生后的第三天,一位住在彰化的谢太太,清晨起来准备帮小孩做早餐。她走进浴室里面盥洗,没想到脸盆突然爆炸,她颈部的大动脉被爆炸的碎片割断,当场血流不止,倒卧在血泊之中。她的一位还在就读初中的女儿惊慌之余,骑着脚踏车去求救;半小时过后,谢太太在救护车上就不幸往生了。谢太太才四十岁不到,家里有一男二女,她的先生是慈济的慈诚队员。由于太太本身早就签署捐大体同意书,所以一家人来不及悲伤,就将妈妈的遗体紧急送往花莲慈济医学中心,希望能来得及加入正在慈济大学进行的大体解剖模拟手术。

在救护车上的十多个小时,对一家人来说是既神圣又哀伤,那是妈妈庄严的生命之旅。爸爸带领全家护送妈妈从中横一路到达花莲,终于赶上参加了大体模拟手术。这次来参与模拟手术的可都是大学的教授,所以谢太太也成了老师的老师。在慈济人一路的陪同及照护下,爸爸及孩子们都节制着哀伤。解剖手术后第二天,谢家子女读大学的老大,读高中的儿子,以及读初中的女儿,他们一起在爸爸的带领下,进精舍参加证严上人主持的志工早会。在早会中,就读高中的儿子上台发言,他虽带着一丝丝的哽咽,但语气仍平静坚毅。他说:"妈妈已经去当菩萨了,我们祝福她不牵挂地离开,奔向另一个人生。上人也说过,前脚踏出,后脚也要跟着离开,我会想念妈妈,但也会好好地照顾自己,好好读书长大,妈妈不必牵挂。"小小年龄竟有这么豁达的人生观。

面对生离死别,面对这么大的无常,洗脸盆爆炸被割死,这听起来比飞机失事还要不可思议,还要难以预期,还要难以接受,还要容易令人慨叹人生无常。但谢师兄一家人吸取了上人的法,学会换一种方式看待无常,安然接受无常并且积极转念,让妈妈的死变得更有价值。而如此让生者也更能自在得安,这就是转念,转念之后也自然会转业。面对生死离别如果放不下,今生今世就一直会遗憾,遗憾的心情常驻心中,不幸就一直扩大,哀伤就会延长,业就种下了,并持续深化。

其实,业不见得都是前辈子带来的,今生今世也会因为观念情感的执著,而一直深化自己的业。"不由自主就是业。"证严上人说一念执著就会造业,解脱业,就必须建立正确的生命观。像谢先生一家人在慈济的引领下用正向的心,看待自己家人的无常,让全家坦然和自在地度过这一场哀伤。更形而上来说,这分自在的心不会因为生者的烦恼,而加深往生者对这一尘世的执著及眷恋;生者愈伤心,往生者的业就更重。如果她的走,造成全家的深切哀伤,那其实也是一种业。

想想空难中丧生的空服员的妈妈,因为女儿遭逢不幸,就连坚守多年的信仰也抛弃了。其实若女儿有知,一定也非常不舍。这一分放不下,所造成的是生死两方彼此业力的加深及延长。追求信仰的目的,是学习用正确的态度去面对各种人生的境界,并用智慧去化解它。学佛行善,不是要求得一切顺心,人身无灾无难。毕竟不管今生今世如何修持,过去生中所造作之业,在今世是无法完全去除避免的。

哀伤有终点吗?

证严上人在他所著的《无量义经》中,曾讲述佛陀的一位大弟子目犍连尊者,是一位极具修行的大菩萨。他在过去是一位渔夫,后来皈依佛陀之后变成一位善于讲经说法的行者,度化许多外道人士转而信佛。也因为如此,外道的一些阴狠之人,对于目犍连相当忌恨,他们于是阴谋要杀害目犍连。舍利佛尊者已经预见目犍连即将被害,就央求佛陀用大神通化解目犍连尊者的灾厄。佛陀便对舍利佛说,你应该知道神通不及业力,目犍连在皈依佛前杀业深重,这正是他的业力驱使难以免除。目犍连果然在一次打坐中,被外道人士从高处掷下一块巨石,当场被打死。然而,因为目犍连度化众生皈依佛者甚多,他造福修慧,因此重业轻受。目犍连已经证成阿罗汉果,不须再生生世世遭受生死轮回之苦。

即使修行如目犍连,一样无法摆脱自己曾经造下的业因及果报,神通的确不敌业力。信仰不是要交换条件,吃斋念佛不是为了求得个人幸福,也不是为了往生西方极乐世界,而是希望找到清净无染的智慧及心境,而那个心境不管是碰到考验或挫折,依然是明亮精进的。

杨麒麟及他的妻子,就是经历如此的心境转变。

杨麒麟是警政署资讯室的主任,在他办公室的一隅有一幅画,画中有一位女孩跪在地上,在一个幽暗的洞穴里,双手捧着一团火炬,像是虔诚默祷,像是偶然来到黑暗之境,亟欲照见探究洞穴的秘密。她的神情是平静的,但四周的氛围却是神秘难测的,一如黑暗洞穴与火光的对比,让这幅画充满着奇异的对立的和谐。这幅画的创作者是杨胜安,正是杨麒麟主任的公子。杨主任一得空,总是会看着这幅画,思念他的儿子。

胜安是一位非常杰出、独特的孩子，无论是他的课业能力，与父母相处的态度，或就其绘画才华而言，胜安总是有他的想法。那一年胜安在感情上受到挫折，他陷入很深的忧郁。胜安的妈妈盛连金师姊和杨麒麟主任，始终陪伴着，但是又尊重着，不去过度地干预他的思绪。在这样的父母之爱中，胜安一直有全然的空间发展自己。胜安透过绘画终于逐渐走出内心的忧郁。他的画透露着他对生命的哀伤、困惑及盼望。心理学家罗洛梅曾说："艺术家和心理症患者只有一线之隔，他们对于生命本质的不安，都有强烈的感受。只是前者透过艺术超越，后者选择崩溃一途。"胜安在创作和全然的父母之爱中，寻回他生命的道路。

挥别忧伤，重新拾回自己的能量，胜安前往澳洲留学，在那一个宽阔明亮充满着原始自然之美的国度，他逐渐展现生命的风华和乐观自在的生命力。但就在这个时候，一次大海中的潜游，胜安的身体漂流到他一直心仪的卧龙冈海岸。他走了，选择在他最喜乐之地。

母亲盛连金及父亲杨麒麟主任的悲恸难以言喻。刚从忧伤中走出来的胜安，终究归回虚空。盛连金师姊虽然历经丧子之痛，但是她没有被哀伤击退，她用笔延续对胜安的爱，用文字填满他们对孩子的思念和哀伤。这种爱的方式是既温暖、深切又具智慧。

证严上人常说："要用母亲的心去爱别人的孩子，要用菩萨的心爱自己的孩子。"盛连金师姊与麒麟师兄，甚至把对胜安的爱转化为更宽广的菩萨长情和大爱。她将她的经验分享给其他人，并带领其他有相同经验的母亲，走出内心的哀伤。她将这些母亲们走出哀伤的过程，也写成一本书《永远的宝贝》，去鼓励所有经历丧子之痛的母亲。

哀伤的终点就是爱他。只要你能继续去爱他人，你就不会停留在伤痕里。只要你扩大爱，你就能超越你的哀伤。

我曾经采访一个失去心爱女儿的父亲，他的女儿因为医疗的疏失，不幸在六岁时，离开深爱她的父母。六岁，多么美好的年龄，她的母亲无法原谅自己，每次过马路都会想起她的手原本牵着的孩子。她觉得手空空的，她的心比空空的手更空虚；而父亲，在沉痛之余，蓄起胡子，留起长发，辞掉工作，专心地、夜以继日地，为女儿打官司，打了七年才得到他期望的不足的正义。这父亲不剪头发，蓄胡须，不继续工作，持续打官司，不知道又经过多少岁月。他的坚持就是苦！那经年累月的失眠，那将近数十万字的抗议书，那垂地的头发，那种坚持的背后，驱使他的可能不一定是对正义的渴求，而是反映一个无法忘怀的父亲，期望能藉此继续蜷缩在对女儿的爱中。

有些时候，我们不想离开悲伤，是因为我们心底深信，我们必须持续爱着那一个失去的亲人，我们害怕一旦我们不再哀伤，我们就不再爱他了。

但是，让我们把对他的爱拉长、扩大吧！就像秋天的风，虽然怜悯着枯黄的落叶，但是让它不再驻足，让它继续向前吹拂吧！直到它穿过群山，横过海面，它将为另一个国度的人们带来春的暖意。

今生今世，我们无法选定人生的各种际遇和境地，但是我们可以选择用对的心态去面对它。而当我们找到了对的生命态度，人生的际遇也会跟着转变，我们变得可以掌握它，不被它所掌握。

错过死亡班机

> 死亡的造访,究竟是一种命运的偶然,抑或是预定末日的时辰,早已蕴含在业力之中?

"什么!刚才那一架飞机坠毁了。"一个来自上海的中年男子盯着香港机场的电视荧幕,他张大着眼睛,但表情交杂着惊恐却又庆幸的神情。

那是二〇〇二年的五月,一架大型国际航空班机正飞往香港,不料起飞不到十分钟就离奇地坠毁在澎湖外海,飞机上两百多位乘客全部罹难。当飞机坠毁的消息传到香港机场之后,引起一阵巨大的骚动,许多乘客的家属和亲友原本欣喜地等在机场出口,准备迎接返乡的家人,但这突来的讯息震惊每一位机场人员,伤痛笼罩在机场四周。

在这悲伤的氛围中,一位正在等候转机到上海的乘客徐先生,他是中国上海老人痴呆症协会的理事长,他从机场的广播及看板的荧幕上看到飞机失事的消息,心情却悲

喜交集。悲可以理解,但喜从何而起呢?这位徐先生原本到台湾造访慈济基金会,也同样预定搭死亡班机到香港,然后转机回上海,不料一个偶然的心愿及安排,使他错过这架班机,逃过一劫。

徐先生心有余悸地回想这不可思议的一切过程,如果他没有和慈济骨髓中心的陈乃裕师兄见面,他就会准时搭上这一班失事的飞机。

如果他不是和证严上人见面,知道慈济创立的骨髓库救助这么多白血病人,他不会兴起要在中国成立骨髓库的意念,去救助每一年在中国大陆将近四万名的白血病患。

如果他不是有这个愿望,他不会临时安排台北的行程和陈乃裕见面。这个心里的愿望,使他和陈乃裕见了面,错过那一班死亡班机,幸运地躲开死神的造临!

这是一件偶然,还是愿力使他逃过一劫呢?

在那一场浩劫余生之后,徐先生打电话给慈济人,是他发的愿让他逃过一劫。他感恩有这一重生的机会,他一定要在中国大陆成立骨髓库,挽救至少两百人以上的生命,这数字是该架死亡飞机上面不幸往生的人数。

命运能被改变吗?

死亡的造访,究竟是一种命运的偶然,抑或是预定末日的时辰,早已蕴含在业力之中?

如果真是这样,一切业力皆不可转;一切的命运早已设定,人为的努力及造作都是枉然,都是无济于事。

如果真是这样,那么人生不过是顺着时钟转动的针头,最终的尽头及一生可能的经历,都是预设的、注定的、无可逆转的。

如果真是这样,意志的自由及心的创造性就消失得无影无踪。

然而，反过来说，如果我们肯定心是能创造的，命运是能改变的，那么是否等于否定业力及命定的存在？

命运能改变吗？两千多年前，佛陀所说的"万般带不去，唯有业随身"，即意味着一切因果的造作终究会兑现，前世所播下的种子，今生毕竟会结果，会依业而生。

但问题是，如果今生的种种只是重复过去生的一切因子，那今生一切的努力及际遇都无关乎心的创造吗？如果是，那为什么能放下屠刀立地成佛呢？

人生，究竟只是无趣的、单调的重复或兑现过去生的一切作为，抑或业力是可改变、可消除的？

愿力有巨大的能量

在佛陀的教法里面所说明的放下屠刀立地成佛，似乎给予生命无限的可能，似乎说明在我们生命中，每一刻都有觉悟的可能，每一念恶都有悔悟的契机，每一次迷途都有回归清净本性的可能。这阐明了心的自由及创化的可能。

既然自由的心有能力改变命运及业力，那么心念是如何运行以消掉业力，并进而改变命定呢？

证严上人说"业力不如愿力"，过去慈济医院的第一任院长杜诗绵本来已经是癌症末期，证严上人请他承担慈济医院的创院院长，他说他的日子是倒数的，活不过几个月。但上人对他说"有愿就有力"，杜院长接受了这项使命，他在慈济医院服务了五年，以七十岁高龄辞世。从医学的角度看，这是一项奇迹。神经心理学家不止一次说明人的心念意志和身体的关系，许多癌症病患是导因于对生命的失落和绝望。

许多相信命运的人，都相信算命的预言及建议。算命的生意好，多半跟我们相信命定有关。

慈济的全球志工总督导黄思贤，过去是美国分会的执行长，他在进入慈济之前，曾不止一位算命师跟他说，他的寿命只到四十九岁，几位算命的无一例外这样预言着。然而，他在四十九岁那一年，为了慈济的国际赈灾，跑了三十六个国家，飞了一百八十多趟国际航程。他现在已经五十七岁，身体依然硬朗如昔。他还曾经到烽火之地阿富汗赈灾，在兵马倥偬的战地运送物资，在天寒地冻的雪地搬大米送给饱受战争摧残的阿富汗灾民。如今他仍然奔走世界各地和世人分享慈济精神及上人志业，为度化众生努力。若去推断黄思贤居士能否活过四十九岁，未必是最重要的议题，但是他假如没有发愿救济度化众生，而被那一项预言给影响宰制，相信他的命运一定和现在大大不同。

正如同那一位徐先生发愿要在中国成立骨髓库，而幸运地错过失事飞机。这或许是巧合，也或许是兑现了愿力的巨大能量。虽然很多人对此可能存疑，但是另一个议题，对于深信这个原理的人来说，可能更为重要。那个议题是，如果愿力真可以改变业力，那么，如果我发愿活到一百岁，如果我发愿要成为亿万富翁，如果我发愿要得到什么事物，为什么最终却未必得着呢？

其实这种愿是一种欲。愿力不是欲，得着什么是欲望不是愿力。

证严法师所说的愿力是为天下人、为众生发的无所求的愿，那种力量是巨大的，因为它无所求，为众生发愿就会得到更多的感应及支持。以形而下的思维来说，那是"德不孤，必有邻"；以形而上的思维而言，一念纯净的愿力可以通达天听。

当下每一时刻都是生命的觉醒

一念心可上达诸佛听,许多科学的实验也证明心念的确会影响物理世界,心念会发出能量及波长,会在现实中造作出具体的果实。

或许也有人不太理解科学的这种印证,但是我们如果以具体的事证来说明,集众人发出的善念,的确可以改变许多人的业及苦。

菲律宾的卡令佳村距离马尼拉的车程约十一小时,还要再爬山路三个多小时才能顺利抵达。这里是一个原住民部落,二〇〇二年,卡令佳村的村民马丽雅生出一对连体女婴,给当地小村落带来一阵骚动及议论。当地原住民的村民相信,生出连体婴,是因为祖先犯错受到诅咒才会有这样的业。

但是母亲马丽雅却不愿意放弃,马丽雅在马尼拉接受过大学教育,回到村落嫁给务农的邻居安迪。她坚持带着连体女婴到马尼拉求医。医师发觉这一对眼睛闪亮美丽的连体女婴,可能是在肝脏相连,但是详细的检查必须要花上菲币两万元的检查费。马丽雅回到村落,在全村的支持下，终于借到两万元款项，但是等她带着连体女婴到医院之后，医师说检查一个要两万，所以两个要四万，如果要进行分割手术要一百万元以上。顿时，马丽雅感到一阵天旋地转，难以形容内心的绝望。

但奇迹发生了，就在她抱着 Lea 和 Rachel 准备离开医院的那一刹那，刚好碰到菲律宾慈济人医会的副总干事李伟嵩。李师兄到医院探望一位义诊的病人，他看到这对连体婴的状况，了解之后决心帮助马丽雅。李师兄联系台湾花莲慈济医院，慈济医院也派出医疗团队到马尼拉为 Lea 和 Rachel 进行评估。在几次联系及各方奔走下，菲律宾的慈济分会志工，顺利办好马丽雅、Lea 和 Rachel 的护照，将 Lea 和 Rachel 送到花莲慈济医学中心进行分割手术。

慈济人把这一对异国来的连体婴当公主般看待，志工一路陪伴，各种玩具及爱的关怀，从护士到志工，从志工到医师，极力让马丽雅和孩子忘记思乡之愁。在医学上，十几个不同科别、五十多位医师同仁共同会诊努力，历经三个多月的评估、研究、添购器材，终于在二〇〇三年六月，顺利将连体婴分割成功。

马丽雅感激慈济人的付出，也发愿终身茹素，以表达对这一切的付出之感恩。菲律宾的慈济人并且在马尼拉帮马丽雅找到一个处所,好让 Lea 和 Rachel 能继续受到医疗的照顾。志工为安定他们的家庭,还帮父亲安迪找了一个工作,让他们能在马尼拉住下来。半年过后,连体女孩的身体状况稳定,回到山上卡令佳村,村民的惊讶及欢喜自然不可言喻。传说中的祖先受诅咒所造的业,已经被慈济人和母亲马丽雅共同的愿力所改变了。愿力能改变业力,又得到一个具体的印证。

一念善愿,为自己和他人超越生命的难关。愿要为众生发才有力量,愿愈大力量愈大,愿愈不为自己就愈能获得他人的支持,就能集结更多的力量,这正如证严上人所说的:"信己无私,信人有爱。"

凭借着这样的无私愿力,不只能超越业力的牵引,改变一己的命运,也能改变他人的不幸,扭转其业力;集众人的愿力,更能重新造就人类历史的命运。

这也是意志自由及心之自由的重新确立及肯定。一切都是一念心,当下每一时刻都是生命觉醒的契机,每一个愿力和善念,都是生生世世命运转变的关键。

当云彩化作雨水

真的有业力存在吗？业力决定命运，抑或命运是被其他所掌握？

在第二次世界大战期间，美国名将巴顿被世人称为战神，他在联军于北非节节败退之际，奉命重整英美联军。在巴顿铁腕的训练下，联军很快地就掌控与德国大将隆美尔分庭抗礼的局面。在战事逐渐取得优势之际，有一次，巴顿轻车简从和侍从官开车到利比亚一处大沙漠考察古战场。巴顿是一位著名的战争历史学家，他望着无垠的沙丘对侍从官说："当年迦太基人和罗马人在这里打仗，战况惨烈，血流成河，迦太基人大败，死了将近二十万人。"

"我曾经死在这里！"

侍从官静静地听着。

"有位诗人曾说，'我曾身经百战，死了又死，但我永远存在着'。你知道那个诗人是谁吗？"巴顿问。

"不知道！"随从回复说。

"那就是我!"巴顿望着广漠的黄沙深深地回答,像是一个不朽的军魂,生生世世都要回到杀戮之地,一次又一次试炼自己的忠贞和勇气。

其实巴顿是一位基督徒,他为什么有这么惊人的豪语,是戏谑,还是坚信?是梦想,还是移情?莫非巴顿也相信东方佛教的轮回?

轮回究竟存不存在?如果存在,意识是透过什么方式在时空中流转和重新创生?如果我们的生命循环像水和云的转换,当一滴水化作烟,变成云,它是否还记得露水年华,每天辉映阳光晶莹的情景?而当云彩再度化作雨水,投进湖心,它是否还拥有在天空俯瞰人间悲情的那分记忆?

创化生命,究竟是全新开始,抑或是仍留下业因及记忆?

生命的意念在死后是否继续存在?我们说,万般带不去,唯有业随身。

人生果真有业力否?业力决定命运吗?要不然命运被什么决定?

我们从小所受的教育就一直告诉我们"人,生而平等"。

人真的生而平等吗？等我们逐渐长大后很快就体会到这句话是违反经验法则的。人不只生而不平等，而且就实际的社会处境看来也是不平等的。

社会的存在始终是不平等的，不管这不平等是先验的或是后天造就的，它都是一项难以否认的事实。马克思主义希望创造人人平等的社会，最终却制造另一个新阶级。为什么有一些孩童一出生就在极为富裕的家庭，而另一些孩童却生在极为贫困的环境；一个宝宝可以生而健康美丽，另一个可能一出生就带着致命的疾病；即使同一家庭的孩子出生的际遇及健康情况也可以完全不同，为什么呢？是巧合几率，或是其间存在着一种我们无法解释的因缘果报？

命运背后有没有必然？

对多数人而言，认识因缘果报是困难的，甚至被认为是迷信的，原因是目前的科学无从确切地证实它的存在。

著名的心理学家荣格（C.G.Jung）的集体潜意识理论告诉我们，人类的心灵之中，不是只有现世的三度空间意识而已。透过心理分析，荣格发现许多病人身上都有前世的经验，那些经验一直伴随着人们，影响着现实间人们的生活。

荣格有一次医治一位精神疾病患者，这位患者有许多的幻想视觉，许多医师都束手无策。最后这位病人交到荣格手中。在一次的问诊中，这位病患突然走到窗前，手指着天上的太阳，示意荣格走过来，荣格靠近他身边，"你看到了没有，太阳有一个鼻子，这个鼻子长得像阳具。当鼻子向左，地球会吹东风；当鼻子向右，地球会吹西风。"一般医师听到这里，一定会认为他是罹患了妄想症或精神分裂症，但荣格不这么想，因为他知道这位病人所看到的一切，正是希腊古老的一则神话，其细节及图像完全一致。这位病患是瑞士人，以他的教育背景及经历不可能读古希腊文，而他也没有到过希腊，病患不可能知道这则鲜为人知的神话。

荣格在《集体潜意识》这本书里说明，人的过去生中种种意识仍然在我们的潜意识里面。有一天那个集体的潜意识，可能经由某种机缘会突然占据了你的心，病人如果无法回到现实，通常就会被认定为精神疾病。

用一个通俗的比喻来说明荣格的这项理论：如果我们把潜意识比做电脑中的各项软件，我们在今生今世这有限三度空间的因袭及约制下，只学会用特定的一两个呈现在桌面的软件；然而在一次偶然的意外情况下，电脑里早就潜藏的一部分软件被打开了，但这部分软件你从来未使用过。软件占据了桌面，正如潜意识此刻占据了你的心智，你无法回复原本桌面的软件及形貌，你陷入集体意识的占据中，回不到原本的现实。这就是荣格对这一位看见太阳有阳具的见解。从荣格的观点，这位病人过去生在希腊出生并生活过，那个时期的意识还留在心灵深处，即潜意识里面；而在一次不知名的意外中，这一个意识展开了，而且无法得到回复。心理医师的职责就是让他脱离那一项潜意识的占有，回到这一世的现实。

台湾东部知名的排湾族作家撒可努，从小在汉化的教育制度下长大，他的汉名叫戴志强，父亲笃信基督教，希望他长大当公务员，并坚持用所谓"现代化"的、非原住民的方式，带领儿子成长。在度过青涩的青少年之后，撒可努有一次梦见一位排湾族老者，穿着非常美的排湾族传统衣服，老者身旁站着一位年轻人，两人面目都很模糊。那位老者将一个样子不甚清楚的物品给他，他就醒来了。在那个梦境之后，撒可努就突然会使用在部落失传已久的技艺。这项技艺不只父亲不会，连部落的祭司也很久没有看过了。他的父亲纳闷着，为什么撒可努不经由学习就会这一项传统技艺？

十多年后，撒可努又梦见相同的情境。这一次，梦中那位老者的身影逐渐缩小，而年轻人的身体却逐渐长高。这一次，他们的面目逐渐清晰，梦中撒可努赫然看见，原来老者和年轻人的脸孔一模一样，而那张脸竟然是撒可努自己。

撒可努的经验究竟是轮回，抑或是集体潜意识的作用，可能不容易确切断定。但集体潜意识，按荣格的说法，又包括人类世代累积的集体经验及行为模式，它一直影响着活着的每一个人。个人的行为造作及他身处的社会整体生成方式，一直都存在个人的集体潜意识之中。一些电脑的软件虽然看不到，但正如电脑的运作彼此是相关联的。集体潜意识可以展现在各种宗教、部落仪式及个人的梦境或直觉之中，它深深地影响着每一个人的生活及命运，但却不被意识察觉，这就是我们常常认为"意外、命运、不可知的偶然"背后，那一分复杂的必然。它的复杂性不下于"蝴蝶效应"。虽然现今科学技术难以确切地测量和预知,不过,以此推论,谁说因缘生法及因缘果报不成立?

下一辈子我们会如何?

佛经所说,人的第八识阿赖耶识是一切种识的集合点。阿赖耶识含藏累生累世所造作的业种、业因,这些业因都含藏在阿赖耶识,随着因缘生生世世流转着。其实这阿赖耶识正如当代科学讲的基因符码。科学告诉我们基因的组合及形成是演化的结果。那么,演化的意义是什么?演化是人在适应不同时代的社会及环境变迁中的各种作为所长期形塑的。这些长期的作为,形成个人或人类全体的独特基因;以佛教语言来说就是业因,它积蓄的总和就是阿赖耶识,随着因缘生生世世流转着。

科学的"混沌理论"底下的"蝴蝶效应",意指北京的蝴蝶振动翅膀会造成加勒比海的飓风,这个理论被大家所接受,但其实北京的蝴蝶及南美的飓风之关联如何证实?科学家解释,这个现象说明,如果我们有一个更大的电脑记录器及庞大的计算能力,去观测记录每一个世界上的微小变化，我们就有可能证实这一项蝴蝶与飓风效应的因果关系。这个道理跟因果业力一样，如果我们肯定基因是会世代遗传、演化改变，我们就应该相信因果业力是存在的。

但是我们必须小心不要落入这一辈子造恶、下一辈子尝苦果的单纯化逻辑关系。因果是随因缘而生的，而因缘就如同先前科学家对蝴蝶效应的证实一样，它是由庞大且复杂的各种因素所造就的。单一逻辑思维无法解释蝴蝶效应，更无法解释因缘果报的业力，以及阿赖耶识对生命的形成及结果所扮演的角色。人活在社会当中，社会的各种因素，我们称为因缘，它会影响个体的生命历程及结果。北京的蝴蝶振动翅膀那一刻，如果一部车辆从蝴蝶身旁疾驶而过，谁知道会造成哪里的飓风或龙卷风？一颗强健的种子也必须落在丰厚的土壤及充满空气、阳光、水的环境下才能生长。有"因"还要看"缘"的生成是如何，才能理解因缘生法之理，及因缘果报的法则。

究竟人在往生后有没有一个自我存在？"阿赖耶识"及"慧命"长存，是否是在个人的层次里说的，或者人本来就"无我"，是因缘假合？一个人的基因是世世代代祖先不断演化突变、交织融合、适应创化所造成的。每一个人身上都不是独立自存的，每一个人的身上都有无数他人的基因及演化。在医学意义上，人根本没有自我。那个自我是更大的集体的我所造就的、所支撑的，所以个人是根植于整体及大我，是非常清楚的。

如果基因演化是如此，那意识呢？意识是不是属于个人，随着肉体的消灭寻找下一个生命体继续轮回演化？或者意识也像基因一样，随着因缘创化、重组、创化，产生不同形式的生命。当肉体消融，意识随风流转和其他的意识结合，创造了一个三度空间可以感知的新生命，重新形塑一个短暂的生命自我。一滴澄透的水滴掉进海里，五大洋洲都有它的分子，大海的每一滴水里都有这一水滴的成分。正如一个人往生了，他的意识在五界里流转，随着它的趋力和其他的意识结合，而造就了新的生命。

由此可知，并没有一个"单独个体的自我"不断地流转、轮回。正如那一只挥动翅膀的蝴蝶，它扬起的风会结合其他的气流，可能造就某一远方的清风，也可能消隐在广漠的空气里，和同于微尘之中。每一个细微的意识因子，如同一阵造作的气流，它随"因"及"缘"转化，也像水滴进了生命的大海，随处扩散存在。所以业有个别的业，也有共业。既然没有一个个体是独立自存的，我们身上及意识深处自然有许许多多数不尽的前人之基因及意识，这正是荣格所说的集体潜意识。此刻生命中的每一个念头、每一个动作，都跟其他数不尽的人相关联，也跟生生世世的自己相关联，这正印证了蝴蝶效应的理论，也印证了存在自身是"四大假合"、无我本空的佛教思维。其实从这个角度看，这里的本空不正是涵融无数因缘和合的大我生命吗？没有一个如柏拉图所说的灵魂实体，不断寻找肉体以体会人间的各项悲欢离苦，一切都是因缘造就，一切都与不可分割的大我相连结。

因此，我们可以理解，如果每一滴海水都是清澈的，那大海就澄净了。当每一念心都是善的，整体存在就趋向善；当意识的趋力是正向的，就会召感同类的意识结合，造就新的正向生命；当意识的趋力是负面的，一样会召感恶的意识合流，创造一个苦痛的生命。这就是业随身。

虽说因缘果报存在，但不要忘了因缘中的"因"之重要性。因，是人的心念及愿力，当心念转，因就开始转，缘就开始改变，而其最终产生的结果也会跟着变。证严上人所言，"神通不及业力，业力不及愿力"，一个善念可以化解自己的业种，也可以化解社会中恶的苦难现象。愿力不只能改善自己的基因，同时造就改变人类集体生存的方式及智慧。所以，即使是业力决定命运，它也不是绝对论。每一刻都是觉悟的开始，每一个念头也无不都是转业的最好时机。如果问我上辈子做了什么，看现在就是了。问自己下一刻或下一辈子会如何，这个答案无须远求，当下这一刻的心念，正是决定我们命运的关键。

他说，他的头不见了

> 存在是不是恶？是不是业？如果是，我们为何一再地肯定生？哪一个是第一个存在？第一个存在怎么存在？

小时候在乡下常有一些外国传教士到家里敲门。开了门，有些传教士会直截了当地跟你说，"你有罪！"你不是吓一跳，就是丈二金刚摸不着头脑，"我哪里有什么罪？"

许多人第一次碰到佛教徒说涅槃寂静，万事皆空，也一样是一头雾水，明明我存在，明明人类的文明如此伟大辉煌，怎么说一切皆空呢？

其实基督教讲原罪，一切人类的出生就是犯了罪。这和佛教的性空有一定程度内在的一致性。存在的本身是恶，是罪，是苦，是业，是毕竟空。

存在是不是恶？是不是业？如果是，我们为何一再地肯定生？我们为何不断地企图延续人类及万物的生存？

印度诗人泰戈尔说："每一个婴儿的出生，都表示上帝还没有对人类感到失望。"如果人类的存在是原罪,那为何上帝一再地允诺人类不断地降临人间?

如果万物存在是一种业,是恶的,那为何我们还要肯定人类一切的奋斗及创造?如果人间是恶、是业,那为何耶稣及佛陀还要降临人间,在人间成圣、成佛?

显然在短暂的、会毁灭的、恶的人间,和恒久的、不朽的、神圣的境界之间,存在着某种深刻的关联性。

究竟短暂须臾的人间存在物,如何预含神圣的永恒?这必须从存在本身来探讨。

无明病

作为佛教思想的信仰者,我不打算逾越谈基督教思想,而是从佛陀的思维教义中看出,会毁灭的存在如何与神圣永恒相联结?

佛陀说,世间的一切因缘生,因缘灭。万物没有本质,是各种客观因缘组合而成。

客观因素、因缘不存在,万物也无从存在,但问题是那些客观因素怎么存在?哪一个是第一个存在?第一个存在怎么存在？佛陀还是回答：因缘生。

那第一个缘或因是怎么生？佛陀继续说，因无明而生。

《楞伽经》里说，人的无明就像是一个人，他患了一种幻觉的病，有一天照镜子突然发觉自己的头不见了。其实旁人看他，他的头还好好地在他身上。而患病的他，却看到头不见了。无明就是如此，明明存在的，却幻觉不存在。因此产生了种种的恐怖、惊慌、挫折，这些无明都是没有必要，毫无理性的。

佛陀也比喻短暂的存在与永恒的关系，就像广漠无边的大海本无波浪，但人们只看着波浪以为波浪是大海，其实大海本身是静默的，去除无明，就不会因为注视着波浪而忘记大海。

那个有幻觉病症的人，认为他的头不见了，就一如我们凡夫执著自己的有形身体，遇到死亡来临就觉得人的存在灭了；看到生灭，一如看到波浪而不见大海，不明白生命除了身体之外，人还有更大的存在，因此对于死亡、对于灭绝感到恐惧。

众生本性具足，却因无明之念，产生种种的幻想，这些幻想制造内心的忧烦、畏惧、恐慌，这些都是不实的情绪。

因此一念无明，产生了世间一切"存有"之种种因缘。可见，因缘，本质上来说是不存在的，因缘是因为幻觉所产生的一种无明。

"有"、"空"的迷思

有些人也许会困惑，如果一切的生灭都是不实的，都是短暂的，那人类为何要创造？文学艺术为何要产生？它的价值何在？

如果生命的境界是不生不灭，那"生"的本身是不是不应该呢？不生就不会灭，因此归结成生是苦，是恶，是业。所以企求无，企求空。

人常陷入这种矛盾的思绪，要不是执著有，要不就是执著空。而以佛教精神真正理解空，是连空都要空掉，诚如《维摩诘经》所讲的，要达到空空。

但哲学的思维是抽象难解的，许多学佛者总在"有是恶，而空是无"的两难中挣扎着。

佛陀将人的心识分为九种，生物性的身体之认识，分为眼、耳、鼻、舌、身、意六识，六识之后有第七识，所谓第七识是自我的产生及各种执著之所在。

第八识又称为阿赖耶识,它是一切心识种子的集合,里面有恶业的种子,也有纯净善的种子。第八识是轮回的根据,一切的善恶种子都藏在里面,一切从第八识之中所创造的事物都是会生灭循环,都是苦的,并且终归寂灭。

换言之,我现在的存在就是被第七识决定,我生生世世的存在是被第八识决定。而这两者都不纯净,都是有染浊,有执著,有贪恋,都是会生灭的苦。如果真是如此,那么存在所可能达到的清净光明和超越的出路究竟何在呢?人类又为何要存在这个宇宙之间呢?

这个论述或许会让很多人觉得很绝望,心里想一切的创造都是因为业的造作,都是枉然,所以佛法教导我们要体会不生不灭,缘起性空之理。

一切生成之事物都是缘起,因为有缘起,所以一切创生的事物得以存在。但是佛教思维又认为,缘起是因为一念无明,是一种业力,所以才说业惑缘起,迷惑及业力造成缘起,因而缘起是性空的,终究空,毕竟空,没有究竟长存的本质。

佛法告诉我们最重要的生命境界是要做到不生不灭,

要心性处在一个"一切将创始,而未创始的阶段",那即是空性,是佛性最高的境界。

这感觉还是令人有些消沉,有些难过、困惑。明明许多创造之物都那么美,诗歌美,文学美,音乐美,舞蹈美,哲学美,高山峻岭美;一朵花,一片云,一阵清风都美,为何说一切缘起性空,是有漏的,是有极限的,是苦痛的。

创造而不执著

这个问题我们讨论了许久,创造究竟在佛教里面是一种无明的业,抑或是有价值、有意义的?

唐朝的杜顺大师及澄观大师,提出解决虚无及存在的两难。杜顺大师说明佛陀所阐述的第九识——即是真如之本性,即是佛性,即是法性。这佛性、法性是不妨碍缘起的,是不否定创造的,是不妨碍有情世界的真善美的。所以杜顺大师提出佛性缘起、法性缘起的说法,期望我们运用第九识,即真如之本性,将之贯注于一切创造物之中,满盈于一切世间必然生灭的事物之内,点化世间之一切有情界及无情界,如同阳光布满虚空,照彻一切凡尘世界。

印顺导师的说法简洁有力,他说"缘起即性空,性空即缘起"。意思是"空是在有的事物上显现,缘起的存有本身就含有空性"。证严上人将有与空说得更明白真切,他要慈济人力行"无所求的付出";付出是缘起,无所求即性空,无所求的付出,就是缘起性空,就是用真如本性观照有情,朗照万宇。

而这种真如的本性,是人人具有的,它是无我的,是成就的,是圆融无碍的,是不执著的,是爱的,是不分别的,是照见一切对立面的内在和谐,能含摄一切冲突世界现象

背后之同一性;它是创造的,是生成的,而同时也是超越的,是不执著于"有"的一种创造。

佛性缘起,法性缘起,就是以佛性、以真如的法性创造一切,创造而不执著,才是圆融无碍的佛性境界。

所以缘起、创造生成并非恶,并非短暂,而是永恒的佛性之展现;是在其中的同时又超越它,within and beyond。这就是色即空,空即色。在创造中看到超越和不执著,在不执著及超越中创造存有。

觉有情

一切文学艺术的创作,如果都能看到这种超越的境界,就逐步展现了真如的本性。对于艺术文学而言,不必否定情,不是抛弃情,而是觉有情——一如证严上人所说;觉悟后的有情,是一种宽广清澈的洞察及理解。对于入世的社会实践者来说,不是不要作为,不是要消极避世,而是要能做到付出无所求,"以出世的心,做入世的事",若能如此,也就能理解"有即空,空即有"的境界。

证严上人提倡大体捐赠,期望人人以"有形的身体成就无形之慧命"，这相应了佛性缘起的说法，以有限短暂的缘起，成就无限终久的智慧生命。许多大体捐赠的菩萨行者，在癌症末期，宁愿舍弃化疗，以期能把即将结束的生命捐给医学院学生，作为临床模拟手术研究。他们宁愿医学院学生在他们的身体上划错百刀千刀，也不愿意将来这些学子在病人身上划错一刀。大体老师所实践的，就是超越有形身体的一种智慧的生命。这智慧的生命观不会执著波浪，而不见大海；这种透彻的智慧不会像幻觉症的人，认为头不见了而恐慌。生命的存在不是第七识的自我，或主宰轮回的第八识所决定。一个更宽广的本性是可以长存的，而这能长存的本性，在当下、在目前这有形的色身之中，就能把握，就应该被具体实践。

在一切苦恼中，体察无我。

在一切业惑中，成就智慧。

在一切极限中，观照无限。

在一切执著中，明了超越。

在一切有形中，注入空性。

在一切对立中，实践涵融。

这种至高的智慧解决了生灭对立、圣凡对立的问题，也解决了创造即是业的迷思。

　　生命的最高境界就是用一种无私的、超越的创造力,将一切万有都注入清净无染的爱,用一种纯然的、无求的、利他的心,去拥抱一切有情众生,就是履行"因缘即空,空即因缘"的理想,亦是真如本性最终极的发挥。

后记

照见生命本质的力量

有一种思维,不是西方思维,也不是东方思维,而是慈济式思维。

记得初中二年级那一年,在宜兰的一个小书店看到罗曼·罗兰的《约翰·克利斯朵夫》这一本小说的简要版,它文字的美及叙述的思维很吸引我。我买了回去,一口气读完!

到了高一,又买了厚厚的一千多页的完整版。罗曼·罗兰带着一个年轻生命,进入哲思及文学的世界。那时候的我,真的很喜欢文学及哲学,泰戈尔、徐志摩、钱穆等,都是我爱不释手的作品。年纪稍长,有机会涉猎新儒家的方东美及唐君毅等先生的书籍,更让我接触浩瀚、繁复又结构井然的东方思想体系。柏拉图《对话录》让我理解西方思想的发轫,而铃木大拙的禅学,让我初步接触佛教思维。

在从事记者的工作中，有机会让我接触不同的人。从政治到企业，从学术到贩夫走卒，从文艺界到黑道等，我看到不同生命的样态及生活，他们都自成一格，各有思维，各有坚持，各有痛苦，各有生命的矛盾及瓶颈。生命不是究竟的！在匆忙而紧凑的生活中，我尝试着从书本追寻真理以及圆融的智慧，从基督教思想到《易经》，从西方哲学到新时代思维，我的追求始终带着困惑，始终觉得生命的本质是矛盾难解！

一九八九年，我进入中国电视公司担任晨间新闻"今晨"主持人，认识了当时的气象主播曾庆方，现在是我的太太。庆方引领我进入一个我从未预期的世界——慈济世界。这个世界最后竟决定了我一生的方向，并让我找到生命追寻的终极目标。

庆方送我一本书，名《静思语》，证严法师著。我的佛教思想在当时仅限于方东美的大乘佛学、铃木大拙的禅学及慧能大师的《六祖坛经》。且不提我二十多岁读《六祖坛经》内心的激动和澎湃，我对于佛教是陌生和疏远的。不见法师是我的信念及坚持，但是看到证严上人的法照，我就已经心生欢喜。一个眼神透露无限悲愿及勇气的修行者，以他年轻的智慧竟创造出一个崭新的佛教语言、思维及实践。他的说法既现代又传统，既清晰又圆熟，我深深地被吸引，上人不平凡的一生也让我感动及敬佩。

庆方带着我到慈济当时位于台北市吉林路的会所见上人。那一天，高信疆先生也在，上人向他介绍了我。我有机会和上人单独见面谈话，那是个让我浑身紧张但又充满喜悦的经验。他的眼神直视你，既震慑你，又深深地吸引你！至今为止，我不知道见过多少位总统及世界各种杰出的人士，但上人是唯一让我有这种感动的人。他的气质"宽博、深厚又温柔"。这是一个人能想象的最完美的人格组合。

一九九〇年我到美国念书，在那里投入美国慈济，若干时日，课业渐重，我和庆方的参与减少，一方面也是年轻气盛，和人相处上，出现若干问题，因此疏远了许多。在南加大读完传播硕士回台，王端正副总找我谈，希望我回慈济工作。我没有这个智慧在当时就接受邀请。记得出国前的确答应过上人，回国后会加入慈济人文工作。但是我食言了！

八年过去了，一如先前所言，我尝试过各种的哲学思

维,尝试着建立人生颠扑不破的圆融和智慧,但始终不可得。不管我得过什么奖项,收入愈来愈多,或新闻生涯如何璀璨,如何自认对社会做出些许有价值的贡献,我的内心始终是不究竟,始终漂泊,始终不确定,始终隐隐作痛。这痛,是对生命及存在的不理解。这痛,是对于社会问题的无望感及无力感。

二〇〇一年当我准备离开中天电视,并和几家电视台商谈开辟座谈节目及制作纪录片之际,李忆慧师姊邀我回去见上人。忆慧师姊一直是我的善知识。在花莲见了上人,上人知道我正要转换工作目标,就神情严峻,其实带有深切期望及责备的语气说:"你答应我要回来的事,做到了吗？已经说到不想再说了！"王副总在旁边也补上一句："不要再像浮萍一样，到处飘荡！"

那一年有媒体报导说，何日生主播离开中天准备从政。之后，我很高兴地跟他们说，"我的确'从证'，决定跟从证严上人！"

我从来就不觉得我是觉悟之后才回到慈济，我是回慈济之后，才惊异地发觉，这么好的思维及生命价值的实践，为什么到现在才知道。我多年来思想的矛盾及对生命的困惑，在上人的提醒，以及在他看似平凡的言行之间，逐一地解开。投入慈济，给我生命一个从未被自己知晓及开启的内在和外在世界。这期间，我也有幸和王端正副总及林碧玉副总共事。林副总给我一种无比的勇气及毅力，去突破各种困难及实践应达成的目标。王副总始终给予我一种更高远、超越的角度，去思考并看待事情。在慈济五年多，我觉得我是一个重新活过的人！

但是我觉得我不是智慧的人，我只是运气好。正如同我说过，我并不是彻悟之后才进慈济，我是被一种奇异的"长情"牵引着进入慈济世界，但是这种长情的牵引正是照见我生命本质的一种绝对力量。

在觉悟的路上，我没有选择，我只是被拣选！是被上人的悲愿所拣选，被一种更巨大的共善之力量所拣选！

《一念间》记录我在这条觉醒路上的心路及思索，希望那拣选我的力量，能经由我的领悟及细述，引领您靠近这个力量，靠近这位当代伟大的觉者——证严上人——如何梳理、解决人类生命的共同困境。盼望经由这股共善的智慧，能协助您在生命的道路上，得到最终的清净、自在和喜悦！

图书在版编目(CIP)数据

一念间:我所体悟的慈济思惟/何日生著. —上海:复旦大学出版社,
2013.3(2023.11重印)
ISBN 978-7-309-09375-9

Ⅰ.一… Ⅱ.何… Ⅲ.随笔-作品集-中国-当代 Ⅳ.I267.1

中国版本图书馆CIP数据核字(2013)第285128号

一念间:我所体悟的慈济思惟
何日生 著
责任编辑/邵 丹

复旦大学出版社有限公司出版发行
上海市国权路579号 邮编:200433
网址:fupnet@fudanpress.com http://www.fudanpress.com
门市零售:86-21-65102580 团体订购:86-21-65104505
出版部电话:86-21-65642845
上海崇明裕安印刷厂

开本890毫米×1240毫米 1/32 印张7.375 字数106千字
2023年11月第1版第8次印刷
印数23 701—24 800

ISBN 978-7-309-09375-9/I·736
定价:26.00元

如有印装质量问题,请向复旦大学出版社有限公司出版部调换。
版权所有 侵权必究